PRIX : **60** centimes.

ODYSSE BAROT

SUSIE

PARIS

ERNEST FLAMMARION, ÉDITEUR
26, rue Racine, 26

470

SUSIE

ÉMILE COLIN, IMPRIMERIE DE LAGNY (S.-&-M.)

ODYSSE BAROT

SUSIE

ROMAN HISTORIQUE

PARIS

ERNEST FLAMMARION, ÉDITEUR

26, RUE RACINE, 26

—

SUSIE

Ce n'est pas sans raison que Walter Scott a choisi pour cadre de quelques-unes de ses admirables fictions — d'*Ivanhoé*, entre autres, — une des plus lointaines époques du moyen âge.

Si le douzième siècle, en effet, fut l'un des plus curieux, des plus bizarres, des plus héroïques de l'histoire; s'il vit commencer un long et mémorable duel entre l'Europe et l'Asie; s'il fut, selon le mot de Littré, « la naissance du monde moderne »; si l'on y vit éclore à la fois les Arts, les Sciences, les Lettres, les Langues, les Libertés communales; si tout y était grandiose, les hommes comme les choses, les caractères comme les monuments; et s'il fit surgir de terre ces

merveilles d'architecture, ces milliers de gigantesques basiliques qui, après huit cents
ans, dressent encore fièrement vers les nues
leurs tours imposantes ou leurs flèches al-
tières, c'est aussi et surtout par son côté poé-
tique et romanesque que le douzième siècle
— où le légendaire Robin Hood coudoie le brillant et chevaleresque Richard Cœur de Lion
— offre un incomparable intérêt et mérite de
captiver les esprits, de charmer les imagina-
tions.

C'est par là qu'il avait séduit Walter Scott et
inspiré à Grétry son chef-d'œuvre musical. C'est
par là qu'il a séduit Michelet ; qu'il a enthousiasmé un autre historien, peu suspect d'em-
ballements irréfléchis, Augustin Thierry lui-
même, dont une page, saisissante d'émotion,
m'a suggéré l'idée première du récit qu'on va
lire.

Aventure amoureuse des plus étranges, des
plus extraordinaires, dont certaines péripéties
qui, même de nos jours, paraîtraient presque
impossibles, semblent tout à fait invraisem-
blables en ces temps reculés, et qui sont pourtant d'une réalité, d'une authenticité absolues !

Idylle aussi touchante que mouvementée,

dont le dénouement devait donner le jour à l'un des personnages les plus illustres, à l'une des physionomies les plus nobles, les plus puissantes dont s'honorent les annales de l'humanité; à un homme supérieur dont la vie orageuse et la mort tragique constituent elles·mêmes le plus palpitant des romans !

I

PRISONNIER DE GUERRE

L'épopée des croisades, qui devait, cent soixante années plus tard, si lamentablement finir, venait de débuter par un triomphe.

La croix avait remplacé le croissant au sommet de l'église du Saint-Sépulcre ; le monde chrétien avait reconquis — bien provisoirement — le tombeau de son Dieu, que les Turcs possèdent encore aujourd'hui. Godefroy de Bouillon régnait à Jérusalem.

Mais la lutte n'était point finie. La guerre avec les Sarrasins ne pouvait être qu'une trêve. Les sectateurs de Mahomet comptaient bien prendre leur revanche et créaient au nouveau

petit royaume des embarras incessants, moles-
taient les nombreux pèlerins que la délivrance
des lieux saints attirait en Palestine, dépouil-
laient les marchands, attaquaient les prome-
neurs isolés.

De hardis corsaires croisaient constamment
entre l'île de Chypre et la côte de Syrie, pour
capturer les navires de commerce, faire main
basse sur leurs cargaisons, enlever leurs passagers, tuer les hommes, enlever les femmes et
les jeunes filles, qu'ils allaient vendre aux
marchés d'esclaves des villes de l'intérieur,
pour alimenter les harems du khalife de Bagdad
et des pachas.

Il était à prévoir, dès lors, que tout était à
recommencer; que l'Europe serait bientôt
forcée de se ruer à nouveau sur l'Asie; qu'une
deuxième expédition devenait nécessaire. —
— Hélas ! il devait y en avoir cinq ou six autres,
et le roi saint Louis trouverait la mort dans la
dernière !

En attendant cette deuxième expédition, qui
ne fut décidée que quarante ans après, au con-
cile de Chartres, et à défaut de l'initiative des
souverains, une foule de volontaires enthou-
siastes, entraînés par l'amour des aventures, se

précipitaient par petits groupes vers l'Orient, la croix rouge cousue sur l'épaule gauche, pour aller porter à leurs frères de Palestine le secours de leur bras, l'appui de leur vaillante épée.

Malgré l'état de paix nominal, la guerre se poursuivait sans relâche, rendue indispensable par la fourberie et les cruautés des vaincus de la veille. Chaque jour, de sanglantes escarmouches s'engageaient sur les frontières du nouveau petit État chrétien, qu'entouraient de toutes parts les hordes musulmanes.

Parmi les plus braves de ces croisés du lendemain, qu'avait enflammés le récit des hauts faits de leurs devanciers, on remarquait un jeune Anglais de bonne famille, appartenant à cette vieille race saxonne que la conquête de Guillaume le Bâtard et de ses Normands venait de dépouiller et de réduire à l'état d'humble vassale des envahisseurs.

Au mobile religieux — qui pouvait bien ne jouer qu'un rôle secondaire, — au sentiment de chrétienne sympathie pour les opprimés de la Terre-Sainte, se joignaient chez lui, à son insu peut-être, d'autres impulsions purement humaines : la soif de l'inconnu, le goût des lointains voyages, la passion de la gloire, l'espoir de récupérer la brillante situation que la conquête normande avait fait perdre à sa famille et à ses compatriotes.

Fils et petit-fils de vaincus, sachant combien les siens avaient souffert et souffraient encore sous le joug des bandits d'outre-Manche, il prenait plus à cœur que tout autre les souffrances des victimes des Sarrasins.

Il était parti pour la croisade sous la bannière d'un de ses nouveaux maîtres, sacrifiant ainsi, du moins en apparence, les rancunes et les haines de race au désir d'aller chercher fortune au royaume de Jérusalem.

Vainement, sa mère éplorée avait-elle tenté de le retenir. Son vieux père, en revanche, l'encourageait dans son dessein :

— Pars, mon enfant! Fais ton devoir. En servant la cause de nos frères de là-bas, en contribuant à les affranchir, tu t'affranchiras toi-même de l'esclavage que font peser sur nous depuis cinquante ans les soixante mille bandits de Guillaume! Qui sait si tu ne deviendras pas un haut et puissant baron en Syrie?

— Oui, mon père!

— Un roi, peut-être? ajoutait en souriant avec

orgueil le vieux gentilhomme. Et ce serait là
notre revanche! Et tu reviendrais chasser nos
oppresseurs qui nous ont volé nos biens, et tu
rendrais victorieuse la nation vaincue à Hastings
avec notre cher et infortuné roi Harold !

— Oui, mon père ! En tout cas, je me battrai
bien! Quoi qu'il arrive, je ferai honneur au
sang saxon qui coule dans mes veines.

La mère s'était résignée. Elle avait voulu
coudre de ses propres mains sur l'épaule de
son fils la cruciale étoffe rouge, emblème de sa
foi et de sa mission.

Ce jeune homme s'appelait Gilbert Becket.

Grand et robuste; d'une taille élégante et
bien prise: d'une beauté physique à la fois
mâle et digne; d'une physionomie douce et
ferme, avec ses yeux bleus largement fendus,
son épaisse chevelure d'un blond ardent comme
sa barbe naissante; intelligent autant que
brave, et plus instruit qu'on ne l'était d'ordinaire à cette époque, Gilbert formait le plus
accompli chevalier qu'on pût voir.

Devinant, dès cet âge reculé — ce que nous
autres, Français et modernes, nous n'avions pas
encore compris avant la guerre de 1870 — qu'il
est utile au soldat de connaître la langue de ses

ennemis, il s'était mis, dès le jour de son débarquement au port de Joppé, et malgré les railleries et les haussements d'épaules de ses compagnons d'armes, à apprendre quelque peu l'arabe. Il consacrait à l'étude tous les loisirs que pouvaient lui laisser les combats.

Il y avait sept ou huit mois déjà qu'il était venu, sous la conduite de son chef anglo-normand, offrir ses services au nouveau roi de Jérusalem, successeur de Godefroy de Bouillon, mort après un an de règne. Jusqu'ici, il n'avait pris part qu'à des engagements de peu d'importance, où sa bravoure s'était affirmée avec éclat. Une occasion plus sérieuse allait se présenter à son activité et à sa vaillance. —

Un corps considérable de Sarrasins, sous les ordres du gouverneur d'Ascalon, Ali-Ben-Abbas, menaçait la ville d'Edesse, en Mésopotamie. Un millier de croisés furent envoyés par le roi Baudouin pour renforcer la garnison et obliger l'ennemi à lever le siège.

Dans une vigoureuse sortie, l'armée assiégeante fut mise en pleine déroute. Par malheur, ainsi qu'il arrive parfois en de semblables circonstances, un petit nombre de combattants chrétiens, entraînés par l'ardeur de la lutte et grisés par la victoire, s'acharnèrent, plus qu'il n'était raisonnable et prudent, à la poursuite des fuyards.

C'était une faute qu'ils allaient chèrement expier.

Les vaincus, constatant, à la fin, la faiblesse numérique des poursuivants, se retournèrent soudain, tandis qu'une autre troupe, qui venait de se réfugier à l'abri d'un bois touffu, opéra un mouvement tournant et, dans une énergique offensive, prit les chrétiens en écharpe.

Une quarantaine de cavaliers se trouvèrent bientôt entourés de quatre ou cinq cents ennemis.

La situation était critique, presque désespérée.

En présence de forces aussi supérieures, et s'apercevant pour la première fois de leur petit nombre, cette poignée d'hommes éprouvèrent tout d'abord une involontaire et fugitive hésitation.

Elle dura à peine une demi-minute.

Certes, le parti le plus sage eût été pour eux peut-être de recourir à la vitesse de leurs chevaux pour se soustraire à ce retour offensif, à ce combat si inégal de un contre dix, et de regagner à bride abattue la place délivrée. Personne n'y songea, et Gilbert moins que tous les autres. D'ailleurs, en quelques instants, le cercle des assaillants s'était rapproché, resserré... La fuite même n'était plus possible... Il ne leur restait plus qu'à vendre chèrement leur vie.

Un formidable cri de guerre s'échappe de quarante poitrines. Enfonçant l'éperon dans les flancs de leurs chevaux, ils se précipitent, l'œil en feu, la lance baissée, contre la muraille des cimeterres qui les étreint de toutes parts...

Ce fut une lutte homérique, une de ces mêlées effroyables — comme devait en peindre quelques siècles plus tard, dans une toile célèbre, le pinceau de Salvator Rosa, — où l'on ne distingue plus qu'un enchevêtrement informe, de chevaux morts, de cadavres humains, d'armes brisées et tordues, qu'un chaos hideux noyé dans une mare de sang!

Une vingtaine des compagnons de Gilbert avaient succombé. Lui-même, qui avait fait mordre la poussière à de nombreux infidèles, restait indemne et continuait à frapper à droite et à gauche...

Il allait réussir sans doute à pratiquer une trouée, quand, par malheur, son cheval, ayant

glissé dans une flaque de boue sanglante, s'a-
battit lourdement...

Désarçonné, Gilbert n'eut pas le temps de se
relever. Déjà, il était entouré, réduit à l'im-
puissance par vingt robustes mains, désarmé,
chargé de chaînes, ainsi que les survivants de
la petite et héroïque phalange...

Le musulmans ne se piquaient guère alors
— pas plus qu'aujourd'hui, du reste — de sentiments chevaleresques. Ali-Ben-Abbas, furieux
de l'insuccès de sa tentative contre la ville
d'Edesse, ne pouvait pas avoir un seul instant
la pensée d'admirer, de respecter la bravoure
de ces quelques soldats que l'excès de leur
téméraire audace faisait tomber entre ses
mains, à l'heure même où il avait beaucoup de
peine à rallier les tronçons débandés de son
armée. Son unique préoccupation était de se
venger sur eux de sa défaite, de faire expier à
ces chiens de chrétiens la honteuse déroute
qu'il venait de subir.

Quand on les lui amena, il eut un accès de
joie féroce.

Ce n'était pas en prisonniers de guerre,
c'était en esclaves qu'il allait traiter ses captifs.

II

LA FILLE DU PACHA

En raison même des prodiges de valeur qu'il avait déployés, Gilbert Becket ne pouvait manquer d'être l'objet d'une rigueur exceptionnelle, et d'avoir à subir les vexations les plus inouïes.

Séparé de ses camarades, qu'Ali Ben-Abbas avait internés dans une autre place forte dépendant de son Pachalick; craignant peut-être qu'il ne médilât avec eux quelque hardi complot d'évasion; dépouillé de son armure, de son argent, de ses bijoux; obligé d'endosser la livrée de l'esclavage; astreint aux plus rudes travaux, aux besognes les plus avilissantes pour un homme de son rang; transformé parfois en bête de somme et forcé de s'atteler à un chariot pour traîner des fardeaux que l'épaule d'un homme était impuissante à porter; abreuvé de mépris et d'humiliations; à chaque instant insulté, menacé par le farouche intendant qui dirigeait la maison du gouverneur d'Ascalon, et par des sous-ordres chargés de le surveiller de près, le prisonnier supportait toutes ces épreuves avec un courage et une dignité fière qui redoublaient l'acharnement de ses persécuteurs.

Dédaignant ces outrages, refoulant les sourdes colères qui grondaient en son sein, il ne laissait échapper pas un gémissement, pas une plainte, pas une velléité de révolte. Sa physionomie ne trahissait, dans un demi-sourire, incompris de ces brutes, que l'immense dédain qu'il ressentait pour ses bourreaux.

Quelles que fussent les injonctions de ses gardiens, il obéissait avec une simplicité sereine. Pour rien au monde il n'eût voulu s'exposer à l'ignominie d'une bastonnade que risquait de lui attirer la plus vénielle infraction.

Il sentait bien que le jour où l'un de ces mécréants se permettrait de lever sur lui la main, la verge ou le bâton, il ne serait plus capable de se contenir; et que le misérable, quel qu'il fût, aurait vu pour la dernière fois la lumière du soleil.

La nuit, couché sur son grabat, seul avec ses pensées, il pouvait du moins s'abandonner sans contrainte à sa douleur. Il pleurait en son-

geant à sa mère, qu'il ne reverrait plus, à son
vieux père, dont la tendresse, naguère, avait
caressé pour son rejeton de si brillantes perspectives, si vite et si cruellement dissipées!

Qu'était devenue cette haute et puissante
baronnie? Qu'était devenu ce mirage d'une
royauté éventuelle, que le touchant orgueil
paternel avait rêvées pour Gilbert?

Il pleurait silencieusement.

Cependant, même au milieu des plus épou-
vantables catastrophes, et fût-on précipité au
fond de l'abîme, ce n'est pas à vingt-quatre
ans que l'on peut renoncer sans effort à l'espoir,
à l'avenir, à quelque miraculeux lendemain
que la justice et la bienveillance du hasard
réservent toujours aux opprimés ; à quelqu'un
de ces coups de foudre qui relèvent soudain
les causes en apparence les plus irrémédiable-
ment perdues, et changent en triomphateurs
les vaincus de la veille!

Comment le jeune prisonnier n'eût-il pas es-
péré contre toute espérance !

Ce Dieu des armées au nom duquel il avait
combattu, pour lequel il souffrait à cette heure,
et dont il avait embrassé la cause avec la juvé-
nile ardeur de sa vingtième année, pouvait-il

le délaisser dans sa détresse et dans son abjection?

Non ! C'était impossible.

Gilbert se sentait réconforté, consolé et s'endormait paisiblement, armé d'avance contre les nouvelles tortures qui l'attendaient au matin : armé de résignation, de calme et de confiance.

Et il reprenait son rude et odieux labeur.

Esclave, il savait obéir. Plus tard, il n'en serait que mieux préparé et plus apte à commander.

Un moment arriva pourtant où ses fermes résolutions eurent à subir une secousse inattendue et furent soumises à une épreuve plus dure que toutes celles qu'il avait supportées jusqu'alors.

Il y avait cinq ou six mois déjà qu'il était en captivité. Un matin, placé entre les deux brancards, attachés par une double courroie à ses épaules, d'une voiture chargée d'une provision de vin (1), de viandes, de denrées alimentaires

---

(1) Ce détail peut paraître incorrect, l'usage du vin étant prohibé par le *Koran*; et quelque cuistre imbécile me reprochera peut-être de manquer à la couleur locale. Mais il est mentionné dans toutes les vieilles chroniques et les

de toutes sortes, il la traînait péniblement jusque sur le hauteurs de la casbah (citadelle).

La route, qui avait paru trop escarpée pour uu cheval, avait été jugée suffisamment praticable pour un chrétien attelé.

Gilbert, penché en avant, presque courbé en deux, tirait, non sans peine, malgré sa robuste constitution, le lourd véhicule. Il allait commencer à gravir la côte, quand, arrivé auprès d'un carrefour, il s'arrêta brusquement.

Il venait d'apercevoir, à gauche, à quelques pas, un groupe de femmes qui, au cours d'une promenade, allaient croiser la route qu'il suivait lui-même et passer devant lui.

En tête marchait une grande jeune fille, que la richesse de son costume et la dignité de sa démarche désignaient comme une personne de distinction.

Sans nul doute, ce devait être la fille unique du gouverneur, que le captif n'avait jamais eu

balladès populaires du temps. Je citerai notamment cette strophe :

So, in every shoulder they've putten a bore ;
In every bore they've putten a tree ;
And they have made him trait *the wine*
And spices ou his fair bodie.

(JAMIESON'S *popular Songs*... Tome II, page 127.)

l'occasion d'entrevoir, même de loin, et que
son père adorait, avait-il entendu dire.

Bien que les Orientales vivent très renfer-
mées, il lui arrivait parfois de prendre l'air,
accompagnée de ses suivantes, à cette heure
matinale où elle n'avait point à craindre des
regards indiscrets. Pour elle, les esclaves ne
comptaient pas : ils n'étaient pas des hommes.

Aussi, en voyant le malheureux traînant un
chariot, n'avait-elle paru nullement effarouchée
et avait-elle continué à suivre le chemin ombreux où elle était engagée. La promeneuse
allait donc passer devant lui.

Que se produisit-il en cet instant dans l'âme
de Gilbert ?

Un flot de sang lui afflua au visage — la rougeur de la honte ! — Il oublia aussitôt le présent et ne se souvint que d'une chose, c'est
qu'il était gentilhomme, et qu'il allait paraître
en cet avilissant équipage devant une dame.

Qu'elle appartînt à une race détestée et maudite ; qu'elle fût ou non l héritière de son féroce
ennemi : que lui importait ? Elle était femme !
Et l'on sait jusqu'à quel point l'âge de la chevalerie avait idéalisé la femme.

C'était à la fois pour son Dieu, son roy et...

sa dame qu'un chevalier volait aux combats.

Jamais sa situation n'avait paru à Gilbert si affreuse.

Envahi par un subit sentiment de protestation indignée, pour la première fois il n'hésita pas à secouer le joug infâme sous lequel il était courbé.

Par un mouvement rapide comme la pensée, il dégagea ses bras des courroies de la servitude, laissa retomber les brancards, se redressa de toute sa hauteur, dans une attitude aussi fière que respectueuse ; et, se découvrant, il s'inclina avec une grâce élégante qui suffisait à révéler sa vraie qualité devant la jeune fille qui passait.

— Vilain chien ! Qu'est-ce que tu fais là ? hurla d'une voix furieuse le surveillant stupéfait, qui marchait nonchalamment à vingt-cinq pas en arrière de la voiture.

Etonnée, déconcertée, Susie — tel était le nom de l'enfant bien-aimée d'Ali-Ben-Abbas, — avait jeté sur cet étrange esclave deux grands yeux noirs, la seule partie de son visage que laissât voir le voile épais qui le cachait... Elle tressaillit. Une indéfinissable émotion s'empara d'elle.

En dépit des vêtements sordides qui le couvraient, le prisonnier avait retrouvé soudain le grand air et la noble prestance qu'il montrait naguère sous sa cotte de mailles, le casque sur la tête et l'épée à la main.

Ses regards si doux, sa belle figure angoissée, ses longs cheveux bouclés, avaient produit sur la jeune infidèle une impression de pitié sympathique. Au moment où, toute rêveuse, elle continuait à pas lents sa promenade, tandis que Gilbert se disposait à reprendre sa tâche de bête de somme, le surveillant accourait, essoufflé, menaçant :

— Paresseux ! Ah ! tu te reposes !... Vite au brancard !... En attendant les vingt-cinq coups de bâton que je te réserve.

Et levant les bras :

— Tiens ! Voici un à-compte !

Susie, qui s'était retournée, poussa un léger cri en voyant le bâton levé...

Mais la victime ne laissa pas au gourdin le temps de retomber et d'effleurer sa peau.

Déjà Gilbert s'était précipité sur son agresseur, et lui arrachant son arme, la lui avait brisée sur le dos. Puis le saisissant à la gorge, l'avait, en un clin d'œil, terrassé.

Cette exécution faite, et pendant que le misérable se relevait en poussant des rugissements de rage, il allait remettre les harnais à ses épaules, quand il entendit la promeneuse mander devant elle le pauvre diable tout meurtri.

— Tu as mérité ce qui t'arrive ! dit-elle d'un ton sévère ; et tu feras bien de garder pour toi ta mésaventure... Je prends sous ma protection ce prisonnier franc (1). Ne t'avise pas de toucher à un seul cheveu de sa tête...

— Pardon, maîtresse ! fit-il en se courbant jusqu'à terre... Mais le maître a commandé...

— Tais-toi ; tu mens !... On n'impose pas à une créature humaine le travail d'un cheval... Mon père n'a pu donner de pareils ordres.

Et montrant du doigt le véhicule :

— Je te défends de molester davantage ce jeune chrétien. Traîne la voiture toi-même, si bon te semble. Quant à l'homme, je l'ordonne de le renvoyer sur-le-champ au Palais... Va !

Gilbert n'avait pu percevoir les paroles pro-

(1) Les Orientaux donnaient le nom de *Francs* ou Français à tous les Européens, à quelque nationalité qu'ils appartinssent.

noncées. L'attitude piteuse du valet suffisait
pour lui en faire deviner le sens.

Celui-ci revint l'oreille basse, dévorant sa
colère.

— Tu peux t'en aller, sale chien ; la maîtresse le veut. Mais par Mahomet, tu me paieras
ça !

Le captif, dédaignant de répondre, lança
vers la fille de son geôlier un regard plein de
reconnaissance, et s'écria en arabe d'un accent
profondément ému:

— Merci, madame ! Merci !

Il ne revenait pas de son heureuse surprise,
qui touchait à la stupéfaction.

Cette intervention féminine, qui eût paru
toute naturelle chez une fille de l'Occident, lui
semblait extraordinaire chez une sectatrice du
prophète.

Il ignorait que ce monde musulman contre
lequel l'Europe venait de se heurter était peut-
être moins sauvage, moins cruel qu'elle-même ;
que ses mœurs, ses coutumes, ses habitudes
d'existence, pour être différentes valaient bien
les nôtres à beaucoup d'égards ; que la civilisation orientale avait devancé celle de l'Occident ; que les Maures en envahissant l'Espagne,

par exemple, y avaient importé les sciences, les arts, les lettres, à une époque où la France, l'Angleterre, l'Allemagne étaient plongées dans la plus grossière barbarie.

Il ignorait que la meilleure partie de nos premiers progrès industriels et scientifiques, nous les avons dus aux Arabes ; et ce sont leurs chiffres, encore, qui servent de base à l'arithmétique européenne et américaine ! Au dixième siècle, au milieu de l'abrutissement universel, Cordoue était devenue le centre intellectuel du monde, et l'on y comptait, grâce au khalife Abdérame le Grand, soixante-dix bibliothèques !

Comment une race, si grande par la pensée, par la science, par l'invention industrielle — n'est-ce pas à elle que l'on doit le verre, les cloches, l'horlogerie ? — aurait-elle pu être si petite par le cœur ? Est-il beaucoup de nos souverains modernes, même les meilleurs, qui vaillent Haroun-Al-Raschid ?

Et puis, enfin, dans tous les temps, dans tous les pays, sous toutes les latitudes, en dépit des nuances de la peau et de la diversité des usages et des morales, l'homme est l'égal de l'homme. Il n'en est ni de meilleurs ni de pires... Tous ont les mêmes défauts, les mêmes vices, les mêmes qualités, les mêmes travers, et sont accessibles aux mêmes sentiments bons ou mauvais.

Je ne suis pas bien sûr que les peuplades anthropophages elles-mêmes, dont nous réprouvons les goûts en matière culinaire, ne soient pas d'aussi honnêtes créatures que nous. La seule différence, c'est que nous aimons mieux un gigot de mouton, et que les Caraïbes ou les Dahoméens préfèrent un beefsteak humain.

Gilbert ne savait pas cela. Habitué comme ses contemporains, et malgré le degré de culture intellectuelle auquel il était arrivé, à considérer les Sarrasins comme des monstres, comme des échappés de l'enfer, il ne comprenait pas qu'une de leurs filles pût être capable de pitié, de sympathie et de bonté pour un ennemi vaincu.

— Hé quoi? murmurait-il, est-il donc possible de rencontrer un ange au milieu de ces démons!

III

LES RÊVES DE SUSIE

Le surveillant n'eût pas mieux demandé, certes, que de tenir secret le châtiment dont ses reins portaient les traces. Il était trop humiliant pour son amour-propre d'avouer qu'il avait reçu lui-même cette bastonnade qu'il infligeait volontiers aux autres.

Mais les suivantes qui accompagnaient leur maîtresse et qui avaient assisté à la scène n'étaient pas tenues à la même réserve.

Il avait fallu, d'ailleurs, envoyer deux autres esclaves pour monter jusqu'à la Casbah le chargement resté en panne sur la route.

L'affaire s'ébruita bien vite et vint aussitôt aux oreilles de l'intendant Abdul-Odoul, à qui le malheureux subalterne se vit contraint de raconter l'incident.

On devine le courroux et les jurons du majordome, qui ne parlait de rien moins que de faire périr sous le bâton le prisonnier rebelle.

— Par Allah ! Le supplice sera à la hauteur

du crime. Si cent coups ne suffisent pas, le vil chien en recevra le double... jusqu'à ce qu'il ait les os brisés !...

Un éclair de joie brilla dans les yeux du valet.

— ... Et je t'accorde la faveur d'exécuter toi-même ma sentence. C'est de ta main qu'il périra.

Au lieu des vifs remerciements qu'il attendait, Abdul-Odoul vit avec surprise la physionomie de son subordonné s'assombrir.

— Non ! Pas moi ! Pas moi ! murmura-t-il en baissant la tête.

— Lâche ! Tu trembles, tu hésites?... Tu as peur de ce méprisable Franc !

— J'ai peur de la jeune maîtresse ! répliqua-t-il avec terreur.

Et d'une voix entrecoupée il raconta ce qu'il n'avait pas dit encore : l'intervention de la fille du grand chef, le rôle de protectrice qu'elle avait assumé, les paroles menaçantes qu'elle lui avait adressées. Il voulait bien être vengé à la condition de n'avoir aucune part de responsabilité dans la vengeance.

Abdul-Odoul, à son tour, devint aussitôt pensif et perplexe.

Cette révélation imprévue venait jeter une douche d'eau glacée sur ses velléités justicières, et calmer comme par enchantement sa fureur. Ses lèvres esquissèrent une grimace significative :

— Imbécile ! s'écria-t-il d'un ton farouche, tu ne m'avais pas dit cela !

Dès lors que Susie, dont les moindres désirs étaient des ordres pour son père ; dont toutes les fantaisies, si bizarres fussent-elles, n'étaient pas plus tôt exprimées que l'aveugle tendresse du vieux pacha d'Ascalon les avait satisfaites ; dès lors que la jeune fille, par quelque nouveau caprice d'enfant gâtée, sans doute, s'était mis en tête de protéger le Franc, il n'avait plus qu'à s'incliner devant sa volonté.

Il frémissait à la seule pensée qu'il avait failli, à son insu, par la faute de ce drôle, contre qui se retournait toute sa colère, s'exposer à lui déplaire, à entrer en lutte avec elle !

Certes, il jouissait de la confiance entière de son maître et possédait, dans la maison dont il avait la surintendance, une autorité sans bornes, dont il abusait souvent. Mais ne suffisait-il pas d'un fétu de paille, d'un rien, pour changer la faveur en disgrâce, pour renverser sa fragile et éphémère toute-puissance.

La fantasque jeune fille ne pouvait-elle pas d'un geste, d'un mot, s'il avait le malheur d'encourir son animosité, le précipiter dans l'abîme ?

Il voyait déjà voltiger devant sa pensée frissonnante les divers instruments de supplice familiers aux Orientaux : le pal, la corde, le sac hideux dans lequel on cousait la victime avant de la lancer dans le fleuve ou dans la mer.

Abdul-Odoul prit un visage sévère :

— Il résulte de tes propres aveux, confirmant mes informations, dit-il, que ce jeune chrétien est innocent, que c'est toi qui as tous les torts ; qu'il a bien fait de se défendre ; que tu as, le premier, levé sur lui ton bâton. Tant pis pour toi s'il te l'a cassé sur l'échine...

Le surveillant, frappé de stupeur, restait bouche béante.

— Et puis, qui t'a permis de lui imposer un travail au-dessus des forces humaines, de le maltraiter ?

— C'est vous-même qui...

— Tu mens ! Tais-toi ! Pour avoir outrepassé mes instructions, tu mériterais une punition exemplaire. Ne recommence pas et va-t'en!

Presque aussitôt l'intendant, désireux de dégager sa responsabilité avant que l'aventure du matin ne fût connue du gouverneur, se hâta de faire appeler le prisonnier anglais, qu'il reçut, au grand étonnement de Gilbert, avec une sorte de bienveillance relative. Il l'interrogea sur ce qui s'était passé. Celui-ci raconta la scène dans tous ses détails, sans risquer, du reste, la plus légère allusion à la présence de la jeune fille, qu'Abdul-Odoul feignit d'ignorer.

Au lieu de lui adresser les violents reproches qu'il prévoyait sans les redouter, le majordome resta impassible, dissimulant à peine le léger sourire qu'amenait sur ses lèvres le récit du dénouement de la lutte.

— Bien! dit-il sèchement. Tu peux te retirer. Un mot encore... Si jamais tu avais à te plaindre ici d'une vexation, d'un mauvais traitement, ne crains pas de venir me trouver; j'y mettrais bon ordre. Si je suis sévère, je sais être juste.

— Décidément, pensa Gilbert, en revenant prendre sa place au milieu des esclaves, il est bon de se faire justice soi-même.

Au repas du soir, il remarqua un complet

revirement dans l'attitude de ses compagnons d'infortune et de ses supérieurs. Ceux-là, ébahis de l'audace dont il avait fait preuve, le regardaient avec un respect mêlé d'admiration; ceux-ci avaient pour lui des égards inusités. Aucun de ces Asiatiques n'osait plus bafouer, outrager, comme ils le faisaient sans cesse naguère, ce *giaour* détesté qui savait garder dans la servitude une telle fierté jointe à une pareille vigueur de poignet. On eût dit que la magique baguette d'une fée avait passé par là, transformant en agneaux tous ces loups.

Quant à l'affranchi brutal qui avait été l'occasion de cette métamorphose, il n'osait même plus reparaître devant son dompteur. Il avait prétexté une maladie pour se retirer dans sa chambre, frotter en cachette son échine endolorie et soigner ses ecchymoses.

Cependant, Susie, en rentrant au harem, était demeurée, toute la journée, dans un état de mélancolie dont elle ne se rendait pas compte. Troublée, distraite, nerveuse, elle répondait à peine aux autres femmes, qui l'interrogeaient sur sa pâleur, sur sa tristesse, elle, si rieuse et si gaie d'ordinaire.

La femme favorite d'Ali-Ben-Abbas — car sa propre mère était morte en lui donnant le jour — s'inquiétait avec une sollicitude affectée, bien qu'au fond elle ne l'aimât guère et fut très jalouse de l'irrésistible influence qu'elle exerçait sur son père. Tout le monde voulait lui prouver qu'elle était souffrante, elle se contentait de hausser les épaules.

Sa pensée était ailleurs et ne pouvait se détacher de la victime si fortuitement rencontrée dans sa promenade matinale.

Quel était cet étranger qui lui inspirait une compassion si profonde? D'où venait-il? Comment en était-il réduit à cette situation abjecte? A coup sûr, si elle en jugeait par sa mâle et noble tournure, et bien qu'il dût appartenir à une nation ennemie, il n'était point indigne de l'intérêt involontaire qu'elle portait à son infortune.

Grâce à l'habileté discrète de la plus dévouée des femmes qui la servaient, elle se renseigna et apprit à peu près toute la vérité. Elle connut son origine, son pays, la part qu'il avait prise à la défense d'Edesse contre son propre père, le dernier combat où, entraîné par son ardeur, il avait succombé sous le nombre.

Elle sut qu'il parlait assez couramment les langues de l'Orient, et qu'il passait ses rares instants de loisir à lire ces précieux rouleaux de parchemins qui servaient à fixer la pensée — c'était la seule chose dont on ne l'eût pas dépouillé — et que parfois on le voyait tracer lui-même des caractères bizarres. Il était donc aussi savant que brave !

La jeune fille se sentit envahie par je ne sais quelle impression de regret.

— Ah ! se murmurait-elle naïvement et non sans une certaine rougeur, que n'est-il un fils d'Allah ! un fervent sectateur du Prophète ! C'est dans nos rangs, c'est à côté de mon bien-aimé père qu'il combattrait, et nous serions toujours victorieux !

Mais ce n'était pas sa faute, à ce beau et brillant jeune homme, si dès son enfance son esprit avait été fermé à la lumière de la vérité. Et parce qu'il avait été élevé dans les ténèbres de l'erreur et qu'il ignorait les saintes doctrines du Koran, était-ce une raison pour le traiter si odieusement ?

— Non ! s'écria-t-elle avec énergie, il n'en sera plus ainsi !

Le lendemain matin, elle était encore plus

songeuse et plus attristée que la veille. Quand elle vint présenter son front au baiser paternel, Ali-Ben-Abbas fut frappé de l'altération de ses traits.

— Qu'as-tu, ma perle chérie? demanda-t-il avec une émotion anxieuse.

— Je n'ai rien, mon père.

— Tu me caches quelque chose. Quel nuage vient voiler l'éclat de tes beaux yeux, qui, hier encore, brillaient comme deux escarboucles? Pourquoi le corail de tes lèvres a-t-il pâli? Qu'est devenu le suave incarnat de tes joues?

C'est qu'elle était adorablement belle, en effet, la fille du gouverneur, et l'on aurait pu parcourir l'Asie depuis le Bosphore jusqu'aux frontières de l'Inde, depuis les rives de l'Oxus jusqu'aux bords de la mer Rouge sans rencontrer son égale.

Elle était, alors, dans toute la splendeur de ses seize ans, cet âge où l'Européenne n'est encore qu'une enfant, où l'Orientale, plus précoce, est depuis longtemps femme et arrive à son complet épanouissement physique et moral.

— Sois franche, continua le père. Tu as un gros chagrin? un chagrin secret?

— Secret ? Non ! protesta Susie avec vivacité.
Et je puis te confier la cause de ma préoccupation.

— Parle, mon enfant, reprit-il, en l'embras-
sant de nouveau.

— Eh bien, père, dit-elle d'une voix sérieuse,
j'ai fait, cette nuit, un rêve...

— Oh ! oh ! interrompit-il, souriant. Ce n'est
pas bien grave, alors... Un enfantillage.

— Un rêve affreux, te dis-je !

— Voyons ce rêve ! répliqua-t-il en riant tout
à fait, autant du moins que peut être suscep-
tible d'hilarité un Asiatique investi par le khalife d'une des plus hautes fonctions de l'Etat.
Je t'écoute...

— Voici, dit-elle avec une certaine solennité.
La guerre avait recommencé... Une guerre sanglante, implacable. Tout l'Occident était ac-
couru de nouveau contre nous. Une fois de
plus, tu m'avais quittée pour aller combattre.

— Parfait ! Il n'y a pas là de quoi t'inquiéter,
j'imagine !

— Mais, cette fois, murmura-t-elle d'un ton
lugubre...

Elle n'osait achever sa phrase.

— Cette fois, disais-tu...

— Tu n'en revenais pas !

Il se frappa gaiement la poitrine de ses deux mains.

— Tu constates que je me porte à merveille. Ainsi, dans ton rêve, je tombais mortellement frappé sur le champ de bataille?

— Non... Ce n'était pas la mort. C'était quelque chose de plus affreux.

— Quoi donc?

— Les chrétiens t'avaient pris vivant !

— J'étais prisonnier de guerre? Bah ! La belle affaire, quand, comme moi, on est assez riche pour racheter sa liberté à n'importe quel prix.

Elle hocha la tête :

— Une rançon? Où la trouverais-tu, puisqu'ils t'avaient dépouillé, puisqu'ils avaient tout pris, tout volé, tes biens, tes palais, tes domaines, ton or, tes riches vêtements, tes armes, tes femmes? Puisqu'il ne te restait plus que la honteuse casaque d'esclave dont ils t'avaient couvert?

— Allons, allons, nous n'en sommes pas là. Heureusement que ce n'est qu'un songe... Moi, esclave! Ah ! ah ! ah ! ah !

— Oui, toi! Ne ris pas, mon bon père. Les rêves sont souvent des avertissements mysté-

rieux envoyés par Mahomet... Oh! l'effroyable
vision!...

— Tu es folle, ma chérie!

— Tantôt, courbé sous le poids d'un énorme
fardeau, que portaient tes épaules, tu chance-
lais à chaque pas; tantôt, attelé à une voiture
pesamment chargée, qu'un cheval même aurait
eu de la peine à traîner, je te voyais t'affaisser,
impuissant, entre les brancards, tandis qu'un
être immonde, armé d'un fouet, frappait tes
pauvres membres pour t'obliger à te relever,
et à marcher... Voilà pourquoi, cher père, je
suis ce matin si triste.

— Rassure-toi, chérie. Et ne laisse plus ainsi
vagabonder, même pendant le sommeil, ton
imagination maladive.

— Crois-moi! Je ne suis point une illu-
minée.

— Sans douto, pas plus qu'aucun mortel, je
ne suis à l'abri des coups inattendus du destin.
Je puis mourir dans une bataille. Je puis tomber vivant entre des mains adverses... Mais,
quoi qu'il arrive, sache bien que, même chez
chez ces « giaours » abhorrés, on ne traite pas
en esclave un prisonnier de guerre. On peut
tuer un ennemi vaincu, on ne l'avilit pas.

Susie eut un tressaillement de plaisir que ne remarqua pas le vieillard.

Et d'un accent insidieux, en le regardant avec une fixité singulière :

— Et tu agirais de même, toi, n'est-ce pas? avec les guerriers que le hasard des combats ferait tomber entre tes mains?

— Sans doute ! fit-il avec indifférence.

— Et tu respecterais les prisonniers ! Oh ! merci ! merci ! s'écria-t-elle en se jetant à son cou.

Ne comprenant rien à cette émotion subite, il se dégagea de son étreinte, et jetant sur sa fille un coup d'œil interrogateur :

— Merci? Et pourquoi?

— Parce que tu vas accomplir un acte de justice, et châtier des misérables qui, à ton insu, et depuis de longs mois, martyrisent un innocent, dont le seul crime est d'avoir combattu pour son Dieu comme tu combattais pour le tien!

Et sans lui laisser le temps de lui demander des explications :

— Écoute, père!... Si je t'ai dit mon rêve, je ne t'ai pas fait connaître la circonstance, toute fortuite, qui l'avait provoqué.

Elle se mit alors à lui raconter en quelques mots, avec une indignation chaleureuse, sa rencontre de la veille ; puis elle ajouta :

— Je savais bien qu'on avait abusé de ta confiance et méconnu tes ordres.

Ali-Ben-Abbas, un peu embarrassé, se mordit les lèvres. Il se rappelait vaguement les instructions précises, rigoureuses, que, dans un premier accès de haine implacable déterminé par la défaite, il avait données au sujet du prisonnier, et qu'il avait, depuis lors, oubliées.

Le calme était revenu dans son esprit. Et puis, pouvait-il rien refuser à Susie ?

Il poussa un juron formidable.

— Cet animal d'Abdul-Odoul n'en fait jamais d'autres ! reprit-il. Voilà un excès de zèle qui lui coûtera cher !

Et se tournant vers son enfant :

— Je te le livre, dit-il froidement. Quel genre de mort choisis-tu ? Le sac ? la corde ? le pal ?

— Rien de tout cela, répondit-elle souriante. Pardonne à Abdul-Odoul, comme lui pardonnerait, j'en suis sûre, ton prisonnier lui-même, car il doit être aussi généreux qu'il est vaillant.

— Vaillant ! Oui, certes, interrompit le

pacha... Ah! si tu l'avais vu sous les murs d'Edesse!... Un lion, ma fille !

Celle-ci balbutia en rougissant :

— Un lion peu dangereux aujourd'hui, doux comme un agneau. Aussi, continua-t-elle d'un ton câlin, je te demande...

— Pas sa liberté, j'imagine? interrompit le gouverneur de la province d'Ascalon, dont le front se rembrunissait.

— Non. Je te demande de le traiter désormais en prisonnier digne d'estime; de le traiter comme je voudrais qu'il te traitât toi-même, et comme il t'eût traité si le destin avait interverti les rôles, et que vous eussiez été, toi le captif, lui le vainqueur!

— Quel enthousiasme !

— Ce n'est pas de l'enthousiasme, c'est de la pitié!

Puis elle ajouta :

— Et c'est de la prudence. Il me semble que mon affection filiale serait moins inquiète, moins anxieuse pour l'avenir. Il me semble que tu deviendras d'autant plus invincible que tu te seras montré plus magnanime et plus juste. Combien je serais heureuse et fière si, par ton équité et par ta grandeur d'âme, tu

méritais qu'un jour ton nom fût associé dans
le souvenir des Croyants au nom glorieux du
plus illustre et du plus vénéré de nos Khalifes,
au nom de Haroun-al-Raschid!

Susie avait touché la corde sensible du vieux
pacha qui, plein de vanité et d'ambition, se
plaignait souvent de végéter dans un poste
secondaire, alors qu'il se croyait digne des
plus hautes destinées, et qu'il ne rêvait rien
moins que de trôner un jour à Bagdad.

Aussi, tout en caressant sa longue barbe
grise, buvait-il comme du lait les paroles de
sa fille, confidente habituelle de ses projets, de
ses aspirations, de ses secrètes espérances, et
qui, par cela même, avait acquis sur lui un
immense ascendant.

— Tu sais bien que tu fais de moi ce que tu
veux! reprit-il en lui saisissant les deux mains
qu'il pressa dans les siennes.

— Alors, mon protégé?...

— Ne suffit-il pas que tu daignes t'intéresser
à ce jeune chrétien pour qu'il soit dans mon
palais considéré comme un hôte?... Jusqu'au
moment où pourra avoir lieu entre le roi de
Jérusalem et nous un échange de prisonniers.

La promesse paternelle l'avait rendue radieuse... Et pourtant, en écoutant ces derniers mots, en entrevoyant l'éventualité et la possibilité d'un échange de captifs, et par conséquent du départ de l'homme dont elle ne savait même pas le nom, un trouble involontaire se peignit subitement sur ses traits. Son front se couvrit d'un nuage; son cœur se serra.

La pauvre enfant eût été fort en peine d'analyser ce qui se passait en elle, de définir les sentiments divers qui l'agitaient, les multiples pensées qui s'entre-choquaient au fond de son âme; elle ne le savait pas elle-même.

Abîmes insondables du cœur féminin !

Tout à l'heure son unique souci était de protéger, de sauver cet inconnu, cet étranger qu'elle n'avait jamais vu vingt-quatre heures auparavant.

Et maintenant elle reculait devant sa bonne action, ou plutôt le succès trop complet de sa généreuse tentative lui causait un indicible malaise, une angoisse poignante. L'hypothèse de la libération complète du prisonnier suffisait pour produire en elle une immense et inconsciente douleur.

IV

UNE ÉCLAIRCIE ENTRE DEUX ORAGES

Caractère primesautier, tout d'une pièce, passant aisément d'un extrême à l'autre, Ali-Ben-Abbas ne faisait jamais les choses à demi et n'ajournait pas au lendemain une résolution prise ou une promesse donnée.

Dès qu'il eut quitté le harem, il manda devant lui l'intendant, qui arriva transi de peur, et lui ordonna de lui envoyer sur le champ le captif anglais :

— Tu lui rendras et lui feras revêtir au préalable son costume occidental. Il ne doit pas paraître en ma présence sous la livrée de l'esclavage.

— Oui, Auguste Maître, balbutia Abdul-Odoul, dont le front touchait presque le riche tapis de Smyrne sur lequel il était courbé, et dont les jambes flageolaient...

Cet ordre ne lui présageait rien de bon. Sa responsabilité était terrible... Il lui semblait déjà que sa tête ne tenait plus que par un fil à son corps :

— Je suis un homme perdu! pensait-il.

Cependant le visage peu sévère du Pacha commençait à le rassurer.

— Ne crains donc rien, imbécile! reprit le gouverneur en le congédiant du geste.

Bientôt après, Gilbert, dont l'ébahissement ne faisait que croître, fut introduit dans la vaste salle où le grand chef était assis, les jambes croisées sur des coussins de brocart. Le riche turban qui couvrait sa tête était surmonté d'un croissant en or massif constellé de diamants.

Le jeune homme qui, en revêtant la cote de mailles qu'il portait sous les murs d'Edesse, avait reconquis son aisance et sa fierté, s'avança de quelques pas, la visière de son heaume relevée, s'inclina comme il l'eût fait à la Cour de Winchester (1), attendant qu'on daignât lui adresser la parole.

Le vieillard le regarda quelques minutes en silence avec une impassibilité tout asiatique. Il paraissait satisfait de cet examen sommaire.

(1) Londres n'était pas encore, à cette époque, la capitale officielle de l'Angleterre.

Puis, retirant de sa bouche le long tuyau de l'énorme pipe, bourrée de haschich, dont un esclave accroupi alimentait sans cesse le fourneau :

— Comment t'appelles-tu ? demanda-t-il d'une voix grave.

— Gilbert Becket.

— Sais-tu bien que tu es un rude champion ?

L'Anglais s'inclina de nouveau :

— Votre... Votre « Hautesse » est bien bonne ! balbutia-t-il modestement, non sans un certain embarras.

Quoiqu'il n'eût aucun droit à cette suprême qualification que son interlocuteur, dans son ignorance de l'étiquette locale, lui avait donnée à tout hasard, le pacha esquissa un sourire de contentement.

Décidément il était très bien ce jeune guerrier, et il avait de l'esprit.

Tel, de nos jours, un honnête bourgeois se rengorge en s'entendant appeler : « Mon prince », par un cocher de fiacre qui a reçu ou espère empocher un bon pourboire. La vanité humaine est de tous les temps et de tous les pays.

Il n'y avait, bien entendu, chez Gilbert

aucune intention ironique ni aucune basse
flatterie, mais bien une pure courtoisie, et surtout un sentiment de reconnaissance pour la
fée bienfaisante à qui il devait les égards inac-
coutumés dont il était l'objet depuis vingt-
quatre heures.

— Tu es gentilhomme? reprit le père de Susie.

— Je le suis.

— Un gentilhomme est-il fidèle à sa parole?

— Jamais un chevalier chrétien n'y a failli.

Ali-Ben-Abbas réfléchit quelques instants,
puis demanda d'un accent insidieux :

— Si tu me tenais en ton pouvoir, me ren-
drais-tu la liberté?

— Non! Quand on tient à sa merci un adversaire redoutable, on le garde...

— Cette franchise t'honore, jeune homme.
Ta réponse me dicte ma conduite.

— ... On le garde ou on l'échange, ajouta
Gilbert.

— Moi, je ne t'échangerais pas contre cent
de mes meilleurs soldats. Tu vois jusqu'à quel
point je t'estime. Et je refuserais pour toi la
plus grosse rançon.

Et voyant que son prisonnier se taisait, il
poursuivit :

— Mais si, comme tu l'avoues toi-même, il y aurait imprudence et duperie à te relâcher, rien ne m'empêche de rendre ta captivité aussi douce que possible.

— Et j'en remercie d'avance Votre Hautesse.

— Ecoute, engage-toi d'honneur à ne jamais tenter une évasion, à ne chercher à entretenir aucunes intelligences secrètes avec mes ennemis, à refuser même toute occasion de correspondance furtive que t'offrirait le hasard. A cette condition, tu seras libre dans la vaste enceinte d'Ascalon et de son territoire. Aucune surveillance odieuse ne pèsera sur toi. Prisonnier sur parole, tu deviens pour moi un hôte, un hôte respecté de tous.

Le visage de Gilbert Becket s'était soudain assombri, il ne se hâtait guère d'accepter.

L'évasion ! N'est-ce pas la préoccupation capitale, le premier souci et le dernier espoir du prisonnier ? Qu'il s'agisse, d'ailleurs, d'un prisonnier de droit commun ou d'un prisonnier de guerre, renonce-t-on de gaieté de cœur à cette suprême branche de salut, à cet irrésistible et secret instinct qui pousse l'homme à recouvrer à tout prix la liberté perdue ? A quels prodiges de courage, d'audace, de patiente persévérance, d'ingéniosité — j'oserais presque dire de génie — n'a pas donné lieu cet impérieux besoin de la créature humaine?

Exiger d'un captif l'abdication volontaire de son droit à la fuite, c'est lui dire, comme dans l'inscription fameuse tracée par Dante Alighieri au frontispice de son *Enfer* : « Abandonnez toute espérance, ô vous qui entrez ici! »

Le plus horrible châtiment des damnés, enfermés dans cet effrayant dilemme : « Toujours! Jamais! » n'est-ce pas précisément cette inéluctable impossibilité d'un affranchissement éventuel?

— Tu hésites ! reprit le pacha.

— Il y a bien de quoi!... Surtout quand je songe à ma mère!... A ma mère qui ne m'a pas vu depuis dix-huit mois, qui me croit mort sans doute, et que le chagrin tuera !

— Donc, depuis huit ou neuf mois que tu es ici, tu n'as qu'une idée fixe : t'évader?

— Pourrais-je en avoir une autre ?

Cette sincérité, ces hésitations même n'étaient pas pour déplaire à Ali-Ben-Abbas.

— Je comprends cela, dit-il, Tu aimes ta mère autant que moi, j'aime ma fille... Ah! si j'étais séparé de ma Susie adorée, je souffrirais bien. Mais, moins lâche que toi, je ne désespérerais pas de la revoir. Je compterais pour me délivrer sur l'imprévu, sur la fatalité qui gouverne les choses d'ici-bas.

— Moi, je me fierais à mon Dieu. Ce serait plus sûr.

Puis, d'une voix vibrante, et tandis qu'un sourire illuminait ses lèvres :

— Eh bien, non ! Je n'hésite plus. J'accepte votre gracieuse proposition. Je vous engage ma parole de chrétien et de chevalier. Qu'ai-je besoin de chercher à fuir ? C'est Celui dont nous avons reconquis le tombeau, qui brisera mes chaînes. C'est le Sauveur du monde qui me sauvera.

Pour la première fois, le pacha sortit de sa marmoréenne impassibilité. Un sourire effleura ses lèvres. Il tendit la main à son prisonnier.

— Voilà qui est entendu ! dit-il. J'accepte ta parole. En attendant que ton Dieu vienne te délivrer, tu es, à dater de cette heure, sous la protection d'Allah et du prophète.

Sur un geste du maître, un esclave approcha du visiteur une pile de coussins, sur lesquels Gilbert fut invité à s'asseoir. Il se croisa les

jambes sur ce siège si nouveau pour lui, avec
une aisance toute orientale qui provoqua chez
le père de Susie un second sourire non moins
bienveillant que le premier. Puis il dut porter
à sa bouche le bout d'ambre du long tuyau de
la pipe d'Ali-Ben-Abbas, et aspirer quelques
bouffées de haschich.

La trêve était signée et scellée. Le gouverneur fit appeler ensuite le grand-maître du palais, qu'il chargea de conduire le chevalier
franc à l'appartement confortable qui lui était
destiné; de lui donner deux esclaves consacrés
désormais à son service personnel; de se mettre
lui-même en toute circonstance à la disposition
de l'homme que, la veille, il avait failli faire
périr sous le bâton.

On juge si le pauvre Abdul-Odoul fut ébahi
en recevant de pareils ordres, et s'il se montra
envers le nouvel hôte obséquieux jusqu'à la
bassesse! Il s'empressa, cela va sans dire, de
lui restituer l'argent et les bijoux dont il avait
été dépouillé à son arrivée.

— Eh bien, mon enfant, es-tu contente de
ton vieux père? dit à Susie, le soir même, le
gouverneur de la province d'Ascalon, en lui
annonçant que son protégé était libre sur parole,

La jeune fille se jeta au cou d'Ali-Ben-Abbas, pour cacher la rougeur de son visage.

— Merci! murmura-t-elle. Cet acte généreux te portera bonheur.

— Et tu ne feras plus de mauvais rêves?

— Non. Je suis maintenant tranquille, heureuse, bien heureuse; puisque tu es aussi bon que tu es grand, et que je puis t'admirer autant que je t'aime!

Si, par la franchise de ses allures et la hardiesse même de son langage, Gilbert avait séduit d'emblée son geôlier, il n'allait pas tarder à s'insinuer de plus en plus dans ses bonnes grâces. Ali-Ben-Abbas le recevait à sa table. Il aimait à le faire causer sur les hommes et les choses de l'Occident, à le questionner sur les mœurs, les usages de son pays. La facilité avec laquelle cet étranger commençait à parler l'arabe l'étonnait et le charmait.

Peu à peu l'estime que lui inspirait son commensal se doubla d'une véritable sympathie, dont devinrent bientôt quelque peu jaloux les officiers de son état-major. Ce n'était plus seulement un hôte, c'était presque un ami, déjà, quand une petite circonstance inattendue vint porter à son comble l'engouement du pacha.

En dehors de ses visées ambitieuses et de la tendresse infinie qu'il avait pour sa fille préférée, Ali-Ben-Abbas ne connaissait qu'une passion : il était joueur.

Chaque soir il ne manquait jamais de faire sa partie d'échecs avec l'un ou l'autre de ses officiers, et bien souvent cette partie se prolongeait jusqu'au matin. Ce noble jeu que l'Europe ignorait encore, et que les Arabes avaient emprunté aux Chinois, intéressait vivement Gilbert.

Il suivait d'un œil attentif les péripéties de cette lutte pacifique, — qui semble être l'image de la guerre, — cherchant, vainement, au début, à se rendre compte des manœuvres de ces trente-deux pièces sur les soixante-quatre cases de l'échiquier et à deviner les règles du jeu. Le pacha et son entourage militaire s'amusaient beaucoup de l'ignorance de l'Anglais :

— Ah ! vous ne connaissez pas cela en Occident ! disaient-ils avec fierté.

Mais Gilbert n'était pas homme à laisser longemps à son hôte la jouissance de cette puérile supériorité. Avec sa vive intelligence et la merveilleuse faculté d'assimilation dont il était doué, il assistait, silencieux, impassible, pres-

que indifférent, à toutes les parties, ne perdant
pas un seul des mouvements stratégiques des
deux champions.

En moins de huit soirées, il était parvenu à
comprendre le mécanisme, l'économie et les
plus habiles combinaisons du jeu. Personne ne
se doutait qu'il fût si bien instruit.

Une nuit, soit qu'il fût fatigué, soit qu'il eût
affaire à un adversaire plus redoutable ou
moins complaisant, Ali-Ben-Abbas, moins en
veine que d'habitude, venait de commettre
plusieurs fautes ; il allait en commettre une
dernière, décisive, et qui assurait forcément sa
défaite. Le jeune homme l'arrêta du geste ; et
d'une voix à la fois timide et hardie :

— Que Votre Hautesse daigne me pardonner ! murmura-t-il ; vous allez être « échec
et mat » !... Oh ! c'est une simple inadver-
tance.

Interdit, stupéfait, tout en reconnaissant la
justesse de l'observation, le pacha regarda
fixement son interlocuteur.

— Tu as raison ! dit-il d'un ton froid en haus-
sant les épaules. Où avais-je donc la tête ?...
Ainsi, selon toi, ma partie est compromise ?

— Pas le moins du monde ; au contraire. Elle

est sûrement gagnée maintenant, répondit-il en voyant la faute réparée.

Elle le fut, en effet, grâce au conseil si opportun donné par ce profane de la veille, pour qui désormais le jeu d'échecs n'avait plus de secrets...

— Mais je croyais que vous n'y entendiez rien, chevalier? hasarda, bien surpris, le capitaine qui avait failli vaincre son chef.

— Il y a quelque temps, oui ! répondit-il modestement. Mais à quoi servirait la vie, si l'on n'apprenait chaque jour quelque chose?... Je commence à comprendre : voilà tout !

Le gouverneur était enthousiasmé. Cet incident redoubla son affection pour son prisonnier, qui devint dès lors son inséparable compagnon de jeu. C'était avec lui qu'il faisait de préférence sa partie quotidienne, sous le prétexte de lui donner des leçons, dont il n'avait plus besoin. L'élève, cela se devine, avait le bon goût de se laisser vaincre toujours par le maître.

V

L'ÉBAUCHE D'UNE IDYLLE

Une captivité subie dans de pareilles conditions n'avait plus rien de bien cruel.

Comparée à ce qu'elle était naguère, et comme il ne pouvait sembler douteux qu'elle dût faire place bientôt à une liberté complète, elle constituait une existence très supportable, presque heureuse.

Et pourtant Gilbert se sentait plus triste que jamais. Il passait son temps en longues rêveries solitaires; inquiet, troublé par d'indéfinissables préoccupations dont il ne pouvait ou n'osait s'avouer à lui-même ni la cause, ni l'objet.

Il y avait dans son état d'âme des complexités bizarres, des contradictions déconcertantes. Mille sentiments divers s'agitaient en lui, qui paraissaient inconciliables.

Tantôt, il éprouvait un invincible besoin de revoir son pays, de rejoindre ses frères d'armes, d'embrasser sa mère, à qui il ne lui était pas permis de faire parvenir de ses nouvelles.

Envahi par la nostalgie, il regrettait amèrement le marché conclu, qu'il se reprochait comme une demi-trahison envers sa patrie. L'amitié d'un ennemi lui devenait pesante. Il s'imputait à crime le bien-être et les faveurs dont il était entouré, alors que ses compagnons d'armes, capturés en même temps que lui, restaient plongés dans la plus abjecte servitude, en dépit des adoucissements sérieux qu'il avait sollicités et obtenus du pacha.

Et parfois, il était tenté de fouler aux pieds sa parole, de s'enfuir, d'aller briser les chaînes de ses camarades, et de gagner avec eux Jérusalem.

Tantôt le mal du pays était combattu chez lui et tenu en échec par le souvenir de cette admirable enfant qui l'avait si noblement protégé, qui lui avait sauvé la vie ; et par la crainte d'encourir son mépris en se montrant à la fois ingrat envers elle, parjure envers son père.

Sans qu'il s'en rendît compte, la reconnaissance qu'il éprouvait pour elle n'avait pas tardé à se transformer en un sentiment d'une autre nature. L'image voilée de la jeune infidèle ne le quittait plus. Son plus vif chagrin était de ne l'avoir pas revue depuis le jour où elle l'avait

défendu contre les brutalités d'un misérable
affranchi, et recommandé à la bienveillance
paternelle; de ne pouvoir lui exprimer sa profonde et éternelle gratitude.

Là était le secret de sa mélancolie persistante.

Il ne pouvait se tromper longtemps sur le
caractère du charme mystérieux qui l'attirait
vers son ange gardien.

Chaque jour, pendant de longues heures, il
rôdait aux environs du harem, et surtout sur
le chemin ombreux où il l'avait rencontrée
naguère, espérant toujours l'entrevoir de loin
au cours d'une promenade matinale; et chaque
jour lui apportait une déception nouvelle. Il
perdait l'appétit, négligeait ses études et ses
lectures habituelles, ne s'intéressait plus à rien,
ne songeait même plus à sa famille ni à l'Angleterre.

La partie d'échecs avec le gouverneur devenait une corvée qu'il accomplissait distraitement. En jouant avec le père, c'était sur la fille
que se concentrait sa pensée.

Cet amour insensé, sans but, sans issue, sans
avenir, sans espoir; cette passion coupable
pour une réprouvée lui causait une sorte
d'effroi mêlé de remords.

Est-ce qu'il n'y avait pas entre eux un abîme infranchissable? Plus il essayait de lutter contre lui-même, plus il se sentait dominé, absorbé, enchaîné. Et si, par impossible, Ali-Ben-Abbas lui avait spontanément offert la liberté, s'il lui avait fallu partir, il lui semblait qu'il aurait laissé derrière lui un otage de son cœur tout entier.

La race, la foi, les mœurs, les coutumes : tout les séparait. Il ne connaissait même pas son visage, qu'il ne lui serait jamais permis de contempler. Mais il la devinait et il la savait adorablement belle. Son imagination la parait de tous les attraits; de toutes les grâces du corps, comme de toutes les délicatesses de l'âme. Que n'eût-il pas donné pour la revoir, pour lui parler, pour entendre sa voix, pour se jeter à ses pieds!

Puis il laissait retomber ses bras avec un douloureux accablement. Il ne dissimulait pas que son amour — songez que nous sommes au douzième siècle! — était un crime. Il en rougissait comme d'une trahison envers son Dieu et son pays. Il s'avouait avec terreur que le Croissant maudit lui était devenu moins odieux ; que sa haine contre Ali-Ben-Abbas avait disparu; que le fanatisme musulman n'inspirait plus à son propre fanatisme la même aversion...

Et tout honteux de sa faiblesse ; rappelé soudain à lui-même et à son devoir par la vue de la croix rouge que la main maternelle avait cousue sur son épaule :

— Non ! s'écriait-il avec énergie, je ne glisserai pas davantage sur cette pente fatale. Ce soir même, je me dégagerai de ma parole. Mieux vaut pour moi redevenir l'esclave que de rester l'ami du pacha.

Certes, à notre époque de scepticisme universel, d'indifférence générale, non seulement en France et en Europe, mais presque dans l'univers entier — à part quelques exceptions — en un temps où, s'il y a encore des frontières matérielles, il n'y a plus de frontières morales, ni religieuses, de douanes ethnologiques ; où les races et les couleurs de peau tendent à se mêler ou tout au moins à se rapprocher, à ne plus se considérer comme des ennemies fatalement éternelles ; où l'on peut entrevoir, comme une éventualité plus ou moins éloignée, plus ou moins prochaine, l'heure où, fatigués de massacres et de boucheries, les deux terribles adversaires de l'Extrême-Orient se tendront la main,

où le mot de « péril jaune » deviendra un non-
sens, où les haines et les guerres internationales
ne sont plus guère que des questions de rivalités
commerciales, industrielles, politiques, où les
différences d'origine, de climat, d'habitudes et
surtout de croyances et de cultes, n'ont rien à
voir, ni à faire : à notre époque, dis-je, il semble
difficile de comprendre les préjugés, les passions acharnées des âges de foi aveugle, où la
lutte éclatait, ardente, implacable, entre deux
fanatismes également irréductibles, entre les
sectateurs de Mohamed et les disciples du
Christ. Et les scrupules de Gilbert Becket et
ses combats intérieurs nous feraient presque
sourire...

Il y a six siècles, ces sentiments et ces hésitations étaient respectables et tout naturels.

Mais, le soir venu, et dès qu'il se trouvait en
face du père de Susie, toutes ses résolutions
s'évanouissaient. Le croisé s'effaçait devant
l'amoureux ; la passion reprenait le dessus sur
la conscience. Gilbert s'abandonnait au courant
qui l'entraînait et contre lequel il n'avait plus
le courage de lutter.

Cependant, la jeune fille, de son côté, était
en proie aux mêmes angoisses, à la même fièvre,

aux mêmes combats intérieurs, et souffrait du
même mal.

La pitié, produisant en elle le même phénomène qu'avait engendré chez Gilbert la reconnaissance, avait été le véhicule de l'amour. Dès
le premier moment, elle s'était prise d'une
inclination ardente pour ce beau jeune homme,
si digne, si fier sous la livrée de l'esclavage;
elle l'aima davantage après lui avoir fait rendre
sa qualité, son rang, son prestige. On s'attache
encore plus fortement par les services rendus
que par les bienfaits reçus.

Un peu effrayée d'abord, elle aussi, de la
secrète et involontaire tendresse que lui inspirait le séduisant étranger, elle s'efforçait de
cacher avec soin, même à ses intimes confi-
dentes, une passion qu'elle n'essayait plus de
combattre. Elle n'osait pas sortir de peur de le
rencontrer et de se trahir aux yeux de ses suivantes. Elle ne profitait plus de la liberté
exceptionnelle que lui laissait, contrairement
aux usages, l'aveugle tendresse paternelle.

Le pacha, sans le vouloir et à son insu, ne
contribuait pas peu à entretenir le feu qui
couvait sourdement au fond du cœur de sa
fille, à laquelle il parlait sans cesse de son nou-

veau favori. Il lui chantait ses louanges, lui découvrait chaque jour quelque nouvelle qualité, quelque mérite encore inaperçu.

— C'est une merveille que ce garçon-là ! s'écriait-il avec enthousiasme.

Il ne remarquait ni les rougeurs subites qui coloraient les joues de Susie, ni les agitations de son sein. L'idée d'un danger éventuel ne pouvait même pas lui venir à l'esprit. L'existence de demi-réclusion faite aux femmes par les mœurs, surtout dans les classes élevées, ne protégeait-elle pas suffisamment la vertu de son enfant ?

— Alors, murmura-t-elle, tu ne dois pas regretter...

— D'avoir, sur ta demande, arraché ce brave jeune homme aux brutalités d'Abdul-Odoul ? interrompit-il. Non, certes !

Et il ajouta :

— Je ne regrette qu'une chose...

— Quoi donc ? interrogea-t-elle vivement.

— C'est qu'il soit question en ce moment d'un échange de prisonniers.

— Et alors, balbutia-t-elle d'une voix tremblante... alors il partirait ?

— Naturellement.

Si Ali-Ben-Abbas avait eu plus de clairvoyance, il aurait vu la physionomie de sa fille s'altérer, son visage s'assombrir. Elle était devenue pâle. La perspective d'une telle éventualité lui causait une douloureuse émotion.

— Cela me contrarie, ajouta-t-il. Je m'étais habitué à lui; il me manquera.

— Comme il sera heureux ! reprit-elle pour dissimuler son trouble ! heureux d'être rendu à l'affection de ceux qu'il aime, de revoir sa famille, se amis, ses compagnons d'armes, sa fiancée peut-être.

Sa fiancée! Cette seule hypothèse lui donnait le frisson.

— Oh! ce n'est pas encore fait, du reste, répondit le père. Il est possible qu'on ne s'entende pas sur les conditions de l'échange.

Cette nuit-là, Susie ne put dormir. Elle se tournait et se retournait sur sa couche, invoquant en vain le sommeil et l'oubli.

— J'étais folle, s'écriait-elle avec chagrin. Les illusions dont je me berçais s'envolent sous le souffle de la réalité, comme des plumes légères emportées par la brise du soir! Cet étranger quittera le palais de mon père sans avoir le moindre soupçon de l'amour que je

ressens pour lui. C'est tout au plus si, rentré
parmi les siens, il daignera garder de moi et
de notre unique entrevue un souvenir reconnaissant... Allah! Allah! pardonne-moi d'avoir
osé l'aimer et donne-moi la force de l'oublier.

Les propositions d'échange faites par les
chefs chrétiens venaient d'être repoussées par
le Khalife ; le *statu quo* persistait ; Gilbert ignorait que des pourparlers avaient été engagés et
qu'il avait failli recouvrer sa liberté.

Susie, cherchant un dérivatif à ses pénibles
préoccupations, avait repris ses promenades
du matin, toujours accompagnée de son cortège ordinaire. Elle choisissait de préférence
les lieux où, d'après les commérages du harem,
on avait aperçu plus d'une fois le prisonnier
anglais. A plusieurs reprises, Gilbert avait pu
l'entrevoir de loin, sans avoir l'audace d'approcher, tout en frémissant de bonheur, tandis
qu'elle-même ne pouvait réprimer un tressaillement. Chaque fois, il avait, par discrétion,
pris un sentier de traverse. Mais ces rencontres
avaient suffi pour jeter dans l'âme de la promeneuse une lueur de joie. Le chrétien qui
n'était pas voilé, lui, n'avait pu dissimuler

ses impressions. Son regard, son attitude, son trouble, n'avaient-ils pas eu la muette éloquence d'un timide et discret aveu !

La jeune vierge était radieuse. A chacune de ces rencontres fortuites, ses doutes et ses craintes se dissipaient de plus en plus.

— Il m'aime ! se murmurait-elle. Si je lui étais indifférente, le trouverais-je constamment sur mon chemin ?... Me serais-je trompée ?... C'est à la fois un aveu et une prière que j'ai cru lire dans l'azur de ses yeux ?

La réserve même du chevalier, la tristesse empreinte sur son visage, le soin jaloux avec lequel il évitait de la compromettre, le lui rendaient plus cher.

Les obstacles presque insurmontables qui se dressaient entre eux, l'impossibilité évidente d'un mariage entre le Croissant et la Croix ne faisaient qu'aiguillonner davantage l'inclination envahissante qui s'était emparée d'elle.

Dans cette voie, et sur ce terrain-là, au pays du soleil, sous les effluves torrides d'une belle et étouffante journée d'été, un cœur féminin de seize ans glisse avec une rapidité que nous autres, habitants des climats tempérés, nous aurions quelque peine à comprendre... Bientôt,

Susie sentit qu'elle ne s'appartenait plus, que son âme tout entière était prise.

Un soir, à l'heure du crépuscule, Gilbert, comme il le faisait chaque jour, errait, tout pensif, aux abords du parc qui entourait le harem, et dont il contemplait d'un œil morne les hautes et solides murailles.

Il venait de s'asseoir sur un tronc d'arbre, près d'un massif de sycomores, où il aimait à se reposer en écoutant le gazouillement des oiseaux qui se jouaient dans les branches au-dessus de sa tête. Il portait envie à ces couples d'amoureux ailés, dont aucunes conventions sociales, aucunes inimitiés de races, aucuns conflits de croyances n'arrêtaient les épanchements et les tendres ébats ; qui ne se souciaient pas plus d'Allah et du Prophète que du Dieu des Chrétiens et de Jésus de Nazareth ; qui pouvaient, joyeux et libres, s'aimer sans contrainte et sans remords. Tout à coup il entendit quelque chose comme le grincement répété d'une clef dans une serrure. Ses yeux se portèrent presque involontairement vers une petite porte percée dans le mur, qu'il avait maintes fois remarquée et qui devait être depuis long-

temps hors d'usage, si l'on en jugeait par l'é-
pais enchevêtrement de plantes grimpantes
qui la masquaient en partie.

Au bout de quelques instants, et après qu'on
eut tourné et retourné la clef, le lourd panneau
de chêne roula péniblement, en criant, sur ses
gonds rouillés. Et par l'entre-bâillement de
l'huis apparut, écartant doucement de la main
le réseau touffu de lierres, de chèvrefeuilles,
d'aristoloches qui interceptaient à demi l'ouverture, une silhouette de femme.

Gilbert faillit pousser une exclamation de
surprise, de bonheur...

Susie, cette fois, n'avait point son cortège
accoutumé. C'était seule, bien seule, qu'elle se
glissait furtivement hors du parc. Et cinquante
pas à peine le séparaient d'elle.

La jeune fille se dirigeait lentement du côté
opposé au bosquet où se trouvait son protégé,
dont elle ignorait ou voulait ignorer la présence. Eperdu, hors de lui, le cœur gonflé, il
s'avança rapidement vers la promeneuse, qui
semblait n'avoir d'autre but que d'aspirer à
longs traits l'air embaumé du soir.

Entendant derrière elle des bruits de pas,
s'apercevant qu'elle était suivie, l'enfant pré-

férée du pacha se détourna avec un mouvement d'effroi, laissa échapper un cri étouffé, et,
rebroussant chemin, se précipita vers l'issue
dérobée par laquelle elle venait de sortir.

Mais déjà Gilbert l'avait rejointe :

— De grâce ! daignez m'écouter ! murmura-
t-il d'une voix tremblante d'émotion, en s'inclinant profondément. Et puisqu'un bien-
heureux hasard, dont béni soit le ciel, me per-
met enfin...

Elle l'interrompit. Essayant de donner à son
accent une froideur hautaine que démentait
le langage de ses yeux, la seule partie de son
visage qu'il pût voir :

— Jeune étranger, dit-elle ; qui es-tu ? Que
me veux-tu ?

— Qui je suis, répondit-il en hochant la tête, ne
le savez-vous pas, vous qui naguère avez brisé
mes chaînes ? Qui je suis ? Ah ! Je suis désormais et à tout jamais votre esclave, comme
j'étais l'esclave de votre père le jour où vous
m'êtes pour la première fois apparue, ainsi
qu'un ange descendu des cieux !... Ce jour-là...

Elle lui coupa de nouveau la parole :

— N'exagère rien, reprit-elle avec une inex-
primable douceur ; pas même ta reconnais-

sance... Je me souviens, en effet. Tu es ce Gilbert dont mon père me parle quelquefois!...
Mon père, trop heureux d'avoir réparé...

— Grâce à vous!...

— ... Une infamie commise à son insu, par
ses subalternes? Oh! tu ne me dois rien pour
cela... C'est à moi plutôt de m'excuser d'une in-
justice dont tu avais été victime...

— Et que je bénis! s'écria-t-il, puisqu'elle
m'a fourni l'occasion d'être sauvé par vous...
Ce jour-là, disais-je quand vous m'avez interrompu, ce jour-là est le plus beau jour de ma
vie!

Susie semblait rayonnante. Le geste involontaire de son interlocuteur qui posait vivement sa main sur sa poitrine; l'éclair qui jaillissait de ses yeux, le frémissement de tout son
être soulignaient avec éloquence chacune de
ses paroles.

— Comme il m'aime! se disait-elle.

La chaleur avec laquelle s'exprimait le prisonnier de guerre commençait à la troubler, à
l'effrayer. Elle avait peur d'elle-même plus encore que de lui.

— Je me trompe! reprit-il aussitôt, en jetant
un regard dans les yeux étincelants de la jeune

fille. Il y aurait pour moi un jour plus splendide encore, une heure plus ravissante, plus céleste. Ce serait l'instant où il me serait permis de contempler, dégagé des voiles importuns qui me le cachent, votre admirable visage!

Par un mouvement d'instinctive pudeur, elle se rejeta en arrière.

— Tu sais bien que c'est impossible! balbutia-t-elle toute frissonnante. Tu n'es pas dans ton pays ici, et c'est là ton excuse... Tu n'ignores pas que chez nous un époux seul a le droit de...

Le jeune homme ne lui laissa pas le temps d'achever. Déjà il s'était précipité à ses genoux.

— Pardon! pardon! s'écria-t-il. Je n'ignore rien; mais je ne suis plus maître de moi... Ne vous ai-je pas dit qu'en m'affranchissant vous aviez fait de moi votre esclave? Auprès de vous, j'oublie le monde entier ; je ne sais plus qu'une chose, c'est que je vous aime !

Il lui avait saisi la main, qu'il couvrait de baisers, en répétant avec une exaltation fiévreuse :

— Je t'aime ! je t'aime ! je t'aime !

A la fois ravie et confuse, elle parvint à triompher de sa propre faiblesse; et tandis que son sein bondissait de plaisir, elle se dégagea de son étreinte. Et d'une voix, où il y avait moins de courroux que de tristesse :

— Tu t'oublies, jeune étranger, dit-elle. Rappelle-toi qui je suis et qui tu es!...

— Hélas! je sais quel abîme nous sépare!

— Et cet abîme, insensé, tu voudrais le franchir?... Reprends ta raison... Je ferai en sorte de n'avoir pas entendu les paroles que tu viens de prononcer...

— Je vous ai offensée, murmura-t-il, tout interdit de son audace.

— Je te pardonne... Adieu!

Et s'élançant vers la porte, qui, de nouveau, tourna sur ses gonds pour se refermer, elle disparut à ses yeux...

— Susie! Susie! s'écria-t-il d'un accent navré en tendant les mains avec détresse vers la haute muraille qui le séparait de la bien-aimée... Susie! Susie!

Au même instant, dès que la lourde clef eut grincé péniblement deux fois dans la serrure rouillée, il entendit ou crut entendre — était-ce une illusion de l'ouïe ou une réalité? — une voix émue qui, à son touchant appel, répondait bien bas :

— Gilbert! Gilbert!

VI

PREMIERS RENDEZ-VOUS

Le lendemain, à l'heure où le globe incandescent du soleil venait de disparaître à l'horizon, illuminant de ses derniers feux les crêtes des montagnes de Judée, Gilbert se rendit au bosquet des sycomores, où il avait ressenti la veille une des plus grandes joies de sa vie.

Anxieux, le cœur partagé entre la crainte et l'espoir, il attendit.

Il attendit longtemps, impatiemment, prêtant l'oreille, le regard fixé sur la petite porte à demi cachée sous la luxuriante végétation des plantes parasites.

Mais la porte ne s'ouvrit pas ce soir-là.

La nuit était venue et toutes les étoiles scintillaient au firmament, qu'il guettait encore l'apparition convoitée; et il dut reprendre avec tristesse le chemin du palais.

Même déception le jour suivant, le surlendemain et pendant une semaine entière.

Prenait-elle donc un cruel plaisir à le torturer? Était-ce un adieu définitif qu'elle lui avait donné dans cette première entrevue, qu'il s'était plu à ne pas attribuer uniquement au hasard?

Et pourtant il ne s'était pas trompé. C'était bien son nom que les lèvres de l'adorée avaient murmuré alors qu'elle venait de s'enfuir comme une biche effarouchée. Ce dernier cri résonnait encore à son oreille :

— Gilbert!... Gilbert!

Ce premier rendez-vous furtif devait-il donc être le dernier? Le roman ébauché finirait-il dès le chapitre préliminaire?

Le découragement commençait à s'emparer de lui, bien qu'il fût décidé à continuer chaque soir indéfiniment son inutile et mélancolique pèlerinage. Peut-être avait-il tout compromis par trop de précipitation, par la violence prématurée de son aveu? La jeune fille ressemble à cette fleur délicate dont les pétales se replient dès qu'on les touche; aussi se reprochait-il d'avoir profané du contact de ses lèvres cette sensitive d'Orient.

L'amoureux, désolé de son imprudence, ne soupçonnait guère qu'il n'était pas tout à fait aussi abandonné qu'il le pouvait craindre.

Si l'idole restait invisible, son absence n'avait pour cause ni le dédain, ni la colère, ni l'indifférence.

Sans qu'il s'en doutât, elle était là, à quelques pas de lui, derrière ce panneau de chêne vermoulu, aux ais disjoints par le temps; l'œil collé contre une fente légère qui lui permettait d'épier l'arrivée du bien-aimé, dont elle pouvait suivre tous les mouvements; d'étudier les impressions de sa physionomie : inquiète, hésitante; brûlant du désir d'entendre une fois de plus ses paroles d'amour, et redoutant cette entrevue; agitant d'une main fébrile cette clef, dérobée par elle quelques jours auparavant, et qu'elle n'osait plus introduire dans la serrure.

Le huitième jour, enhardie, rassurée par une idée qui lui était venue à l'esprit et qui lui donnait le moyen de mettre d'accord ses désirs et ses scrupules, elle ne se sentit plus la force de prolonger le supplice de Gilbert, et de dominer sa propre impatience.

Sans quitter elle-même l'enceinte du parc et sans lui permettre d'en franchir le seuil, ce fut par la porte à peine entre-bâillée, et à travers le feuillage, qu'elle consentit à lui accorder quelques instants d'entretien.

Chaque soir, à dater de ce moment, Susie s'esquivait sournoisement du harem, et après une série de détours sous les ombrages du parc, elle gagnait sans être aperçue le lieu du rendez-vous.

Gilbert, instruit par l'expérience, se montrait aussi réservé qu'il avait été la première fois audacieux et entreprenant.

S'appropriant à son insu la formule amoureuse que devait exprimer, deux siècles plus tard, le poète Pétrarque, dont on vient de célébrer le sixième centenaire, il désirait beaucoup, espérait peu, ne demandait rien :

Brama assai, poco spera, nulla chiede.

Susie lui savait un gré infini de sa discrétion, qui excusait, aux yeux de sa propre conscience, ce qu'il y avait de scabreux dans sa conduite. Et, pourtant, elle était parfois tentée de regretter l'excès de respect qui comprimait chez lui l'explosion de sa tendresse.

Quel mal faisait-elle, après tout ? Était-elle coupable d'éprouver une sympathie aussi ardente qu'involontaire pour l'homme qu'elle avait protégé, arraché à l'esclavage, aux mauvais traitements, presque à la mort, et qui lui jurait une éternelle reconnaissance?

Elle aimait à causer avec lui, à le questionner sur sa famille, sur sa mère, qu'il paraissait adorer, — et la jeune fille en était d'autant plus touchée qu'elle n'avait jamais connu la sienne — sur les usages, les coutumes et les mœurs de cette affreuse Europe, dont elle entendait parler autour d'elle avec tant de haine.

Elle riait bien fort en apprenant que, là-bas, les femmes se montraient dans les rues le visage découvert, qu'elles se présentaient dans les réunions et les fêtes, la gorge et les épaules nues.

Quel n'était pas son étonnement, quand Gilbert lui racontait que dans son pays les hommes ne possédaient qu'une seule épouse, entourée par eux de tous les égards, de toutes les plus délicates attentions; que c'était un crime d'en avoir plusieurs; quand il lui faisait le récit des brillants tournois de chevalerie, où le vainqueur recevait, des mains de la *Dame de ses pensées*, le prix de sa vaillance!

En l'écoutant, elle s'écriait avec un soupir:

— Ah! j'aurais voulu naître dans ces heureuses contrées d'au-delà des mers, où la

femme, au lieu d'être recluse et méprisée, peut
librement aller où il lui plaît, disposer à son
gré de sa personne et de son cœur.

Et dans son enivrement, elle ne songeait plus
à retirer sa main que Gilbert venait de saisir
pour l'approcher de ses lèvres.

Puis, le repoussant doucement :

— Il faut nous séparer! disait-elle d'un ton
de regret; mon absence finirait par être remarquée... A demain!

Et, refermant la porte, elle s'enfuyait comme
une antilope.

Ces innocentes causeries — trop courtes pour
l'un et pour l'autre — se poursuivaient depuis
quelque temps sans qu'aucun incident fâcheux
fût venu troubler leur mutuel bonheur. Le
secret était bien gardé, grâce à la prudence de
Susie et aux habitudes de dissimulation qu'elle
avait empruntées aux femmes du harem. Personne ne se doutait de rien; Ali-Ben-Abbas
vivait dans une quiétude complète. Il était de
plus en plus entiché de son prisonnier, bien
que de légers nuages se fussent plus d'une fois
élevés entre eux, pour des causes auxquelles la
personne de sa fille et les parties d'échecs
étaient également étrangères.

Ces dissentiments n'allaient pas tarder à revêtir un caractère plus grave.

VII

ENTRE L'AMOUR ET L'HONNEUR

Si, au début, la bienveillance puis l'amitié du pacha avaient été dégagées de toute arrière-pensée ; si, à l'instigation de son enfant chérie, il avait cédé à un mouvement désintéressé de magnanimité et pris à tâche de marcher sur les traces généreuses du grand khalife qu'elle lui présentait pour modèle, de s'inspirer des nobles exemples laissés par Haroun-Al-Raschid, d'autres préoccupations, d'une nature moins élevée, s'étaient peu à peu glissées dans son esprit.

Fin, rusé comme tous les Sémites, qui, on le sait, se sont toujours montrés d'habiles diplomates, il avait songé à tirer parti des relations cordiales établies avec son captif sur parole, pour obtenir de lui une foule de renseignements militaires et autres, qui pouvaient à un moment donné lui être utiles.

Avec une apparente bonhomie, il aimait à le

faire causer, l'interrogeant sournoisement, sans avoir l'air de rien, sur les forces des croisés, sur leurs chefs, sur les travaux de défense exécutés par eux à Jérusalem et dans les autres places conquises pendant la première croisade ; sur les points faibles de telle ou telle ville, sur l'insuffisance de tel ou tel général. Profitant de la propension ordinaire des soldats et des officiers de tous grades à critiquer les plans et les actes de ceux qui les commandent, à signaler leurs moindres fautes, il arrachait ainsi à son interlocuteur, qui n'y voyait point malice, bien des observations qu'il classait avec soin dans sa mémoire.

Étant donnés l'ingénuité de la jeunesse, la franchise native de Gilbert, la confiance et le respect que devait lui inspirer le père de celle qu'il aimait, il tombait aisément dans le panneau. Combien eût-il pu se méfier ?

Le pacha amenait volontiers la conversation sur la ville d'Édesse, et s'efforçait de prouver, sans en avoir l'air, à son interlocuteur, qu'il n'ignorait rien de ce qui concernait les fortifications de la place. Il espérait que peut-être, le chevalier, en parlant de la dernière tentative d'assaut, se laisserait aller à quelques confidences involontaires de nature à l'éclairer sur les points vulnérables de la citadelle.

Mais, comme il répugnait au prisonnier sur parole de discuter un pareil sujet, de revenir sur une défaite qui tenait tant à cœur à l'assiégeant, dont il avait de si graves motifs de ménager l'amour-propre, Gilbert gardait, à cet égard, une extrême réserve.

Il avait peur de froisser le père de Susie, et ne se doutait nullement que celui-ci songeait surtout à lui tirer les vers du nez. Aussi ne faisait-il à ses questions insidieuses que des réponses banales, évasives.

Parfois pourtant, et si Ali-Ben-Abbas allait trop loin dans ses indiscrètes questions, son jeune ami fronçait les sourcils, devenait aussitôt froid et silencieux, saisissait un prétexte quelconque pour prendre congé. Mais ces accès de défiance, de vague inquiétude duraient peu. L'image de Susie ne tardait pas à les dissiper; la bonne harmonie se rétablissait vite entre le mahométan et le chrétien, grâce à l'amour qui dominait celui-ci et à la dissimulation prudente de celui-là.

Cependant une brouille plus sérieuse allait risquer de se produire entre les deux hommes.

A la suite de l'échec des pourparlers engagés pour l'échange des prisonniers et la conclusion d'une trêve de trois ans, les hostilités venaient de recommencer.

En fait, elles n'avaient jamais complètement cessé, et les hordes irrégulières de Bédouins, ne tenant aucun compte des engagements pris par les chefs de l'armée régulière, avaient continué leurs incursions et leurs déprédations.

Le khalife, décidé à frapper un grand coup, avait projeté de reconquérir à tout prix la forte place d'Edesse, contre laquelle s'étaient brisés naguère les efforts d'Ali-Ben-Abbas. Supposant avec raison que celui-ci devait avoir à cœur de prendre une éclatante revanche, ce fut le gouverneur de la province d'Ascalon qu'il chargea de diriger cette nouvelle et suprême tentative, lui donnant l'ordre de réussir cette fois, coûte que coûte.

On fit très secrètement des préparatifs formidables.

Il n'existait alors ni journaux, ni télégraphes, ni téléphones, qui, aujourd'hui, révèlent, jour par jour, heure par heure, aux belligérants les moindres mouvements de leurs adversaires, leurs mobilisations respectives, leurs projets d'attaque, leurs précautions de défense ; là marche de leurs armées ou de leurs escadres ; le nombre de leurs soldats, de leurs navires. L'électricité a supprimé à la fois l'espace, le temps, les distances. Il suffit de moins d'une centaine de minutes pour que l'on sache en Extrême-Orient ce qui se passe dans la Baltique, — à trois mille lieues de là, à Libau ou à Cronstadt. Ali-Ben-Abbas n'avait donc aucunes indiscrétions à craindre ; et son prisonnier, devenu son ami, ignorait ce qui se préparait contre Edesse.

Certes, le pacha ne demandait pas mieux. Cette tâche, s'il parvenait à l'accomplir, lui ouvrait les plus brillantes perspectives. Toutes ses ambitions se réveillaient ; un triomphe lui permettait d'aspirer à tout et de renverser même, à son profit personnel, le trône un peu chancelant du khalife. Un insuccès, au contraire, l'exposait aux plus grands dangers : c'était la disgrâce, pis encore peut-être. Il lui fallait vaincre ou mourir.

Résolu à ne reculer devant aucun moyen pour mener à bonne fin l'entreprise qui allait lui être confiée, Ali-Ben-Abbas songea à s'assurer d'une manière quelconque, par la douceur ou par la menace, par la ruse ou par la violence, le concours inconscient ou volontaire de son prisonnier, qui connaissait à merveille les remparts d'Edesse, l'état actuel des fortifications, les côtés faibles de la défense, les endroits les plus propices à un assaut décisif.

Après avoir bien réfléchi, comprenant qu'en dépit de son insidieuse habileté il n'arriverait à rien par les voies détournées, tortueuses, qui lui étaient habituelles; s'imaginant, d'ailleurs bien à tort, que le jeune Anglais était aussi passionné que lui-même pour les échecs où il était devenu rapidement de première force, il voulut attaquer le taureau par les cornes et risquer un coup hardi.

Malgré la bonne volonté courtisanesque avec laquelle Gilbert s'ingéniait à se laisser battre, le pacha, pour préparer le terrain, et lui donner confiance, s'arrangea de manière à le faire gagner malgré lui, et perdit ainsi systématiquement trois ou quatre parties. Il feignait d'être très affecté de sa défaite.

— Décidément, dit-il un jour avec une mauvaise humeur factice, tu es devenu plus fort que moi. L'élève a surpassé le maître. Je m'avoue vaincu.

Jusqu'alors l'enjeu était insignifiant : une minime pièce d'argent ou d'or suffisante à peine pour intéresser la partie.

Le lendemain soir, au moment où l'échiquier venait d'être posé devant eux :

— Ah! nous sommes de pauvres joueurs, mon ami! s'écria tout à coup Ali-Ben-Abbas. Faut-il se donner tant de peine, se condamner à une telle contention d'esprit, pour gagner ou pour perdre quelques misérables sequins ! C'est ridicule.

— Jouons-en dix, cinquante, cent, si Votre Hautesse le préfère, répondit avec indifférence son adversaire.

Le gouverneur d'Ascalon eut un sourire de dédain et un haussement d'épaules.

— Mieux que cela ! murmura-t-il. Voilà quatre fois consécutives que je suis vaincu...

Quatre fois qu'il était vaincu volontairement!

— Pardon ! interrompit le jeune homme. Il me serait impossible de risquer davantage. Cent sequins, c'est le fond de ma bourse.

— Qu'importe? Jouons autre chose.

Et avec une physionomie bizarre, et d'un ton plein d'exaltation :

— Chez nous autres, vois-tu, un vrai joueur, un joueur ayant le feu sacré, n'hésite devant aucunes extrémités pour tenter le sort. Il met volontiers comme enjeu tout ce qu'il possède : sa fortune actuelle, sa fortune à venir, et jusqu'à son dernier esclave, son dernier turban, sa dernière robe, sa dernière babouche... On en a vu qui jouaient leurs femmes, leurs enfants, leur propre vie!

— Mon sang, soit! Je puis le risquer, reprit froidement Gilbert; quant à mes domaines héréditaires, je ne les ai pas sous la main; ils ne m'appartiendront qu'après la mort de mon père... Croyez-moi, jouons simplement mes cent derniers sequins.

— Non! Il s'agit d'une partie solennelle, décisive.

Il posa la main sur son front, resta songeur pendant quelques minutes; puis, relevant la tête, comme si une idée jaillissait de son cerveau :

— Dis-moi : quel est, à tes yeux, le plus grand des biens en ce monde?

Son interlocuteur, étonné, demeura hésitant, indécis. S'il eût été sincère et s'il eût osé dévoiler le fond de son âme, il eût répondu :

« Le plus grand des biens pour moi, ce serait de posséder votre fille ! »

Tout pensif, il gardait le silence et hochait tristement la tête.

— Tu te tais. Eh bien, je parlerai pour toi. Le pire des maux, n'est-ce pas la captivité ?

— C'est vrai ! balbutia-t-il distraitement, alors qu'en son for intérieur, une voix secrète répondait au contraire :

« Pas toujours ! Il est des cas où la prison elle-même a ses charmes ! »

— Donc, reprit le gouverneur, le premier des biens, ici-bas, c'est la liberté.

Il fit un signe d'assentiment, ne devinant pas où voulait en venir son interlocuteur.

— Gilbert, reprit le vieillard d'un ton grave, je te joue ta liberté, ta liberté complète, sans rançon, sans conditions.

Le croisé tressaillit.

— Si tu gagnes, tu pourras, dès demain matin, aller rejoindre tes frères d'armes ou repartir pour l'Angleterre, revoir ta famille... Voilà, tu l'avoueras, un enjeu digne de moi et digne de toi ?

Au lieu de l'éclair de joie auquel il s'attendait, le pacha vit s'assombrir le visage de son prisonnier. Attribuant à la crainte de perdre la partie le froid accueil fait à une proposition si tentante :

— As-tu donc peur d'être échec et mat? fit-il d'un accent de défi... Tu n'oses pas engager la bataille?

Comme il se trompait !

C'était plutôt la crainte de gagner qui causait au partner favori du chef musulman un involontaire émoi.

La seule idée de partir, de dire à Susie un éternel adieu l'oppressait, l'épouvantait. Car il eût été chimérique de songer une seule minute à lui demander de le suivre, d'abandonner pour lui son père, son pays, sa foi, son Dieu, son Prophète !

— Je ne sais trop moi-même ce que je redoute, répondit-il; ce que j'espère, ce que je puis oser ou ne pas oser ! Mais vous ne m'avez pas dit quel serait mon enjeu à moi ; quel serait mon risque en cas de perte; quel serait pour vous le prix de la victoire ?

Le père de Susie parut méditer quelques instants avant de répondre ; on eût dit qu'il hésitait à exprimer sa pensée, à formuler ses exigences.

— Il est juste que les bénéfices soient équivalents, de même que les chances sont à peu près égales entre nous, hasarda-t-il enfin.

— Naturellement.

— Gagnant, tu reconquiers le plus précieux des biens, tu recouvres ta liberté ; perdant, tu dois payer ta défaite. Il faut que mon profit éventuel soit proportionné au tien... Bref, voici l'enjeu que tu vas m'offrir en échange du mien.

— Je devine. Vaincu, je redeviens tout simplement le misérable et vil esclave que j'étais autrefois ? Je retombe sous le joug et sous le bâton d'Abdul-Odoul et de ses odieux instruments ? Eh bien ! si horrible que puisse être cette perspective, j'accepte.

Ali-Ben-Abbas haussa les épaules, et, grimaçant un sourire :

— Tu te trompes ; tu n'as rien deviné.

— Comment?... Quelle est donc votre pensée alors?

— Moi, avilir ainsi un homme que j'ai traité en hôte, en ami ; qui a souvent partagé mon repas, qui m'a charmé par ses intéressantes causeries, qui a été mon compagnon de jeu et mon élève!... Ah ! tu me fais outrage ; et mes conditions sont moins dures.

— Qu'exigez-vous? Je vous écoute.

— Vainqueur, je te le répète, tu deviens libre comme l'air. Vaincu, tu prends l'engagement d'honneur de te mettre à ma disposition, à mon entière discrétion; — oh! pendant trois mois seulement! — de me suivre partout où il me plaira de t'emmener; de m'obéir en toutes choses; de répondre avec une sincérité absolue aux questions que je pourrais t'adresser, de quelque nature qu'elles soient; de me rendre tous les petits services que j'aurais à te demander...

Gilbert, croyant d'abord à une simple fantaisie de joueur, ne s'émut pas outre mesure. Et interrompant son interlocuteur:

— Soit! dit-il, avec un clignement d'yeux semi-ironique.

— Tu acceptes?

— Oui. Avec cette légère restriction : « en tout ce qui sera compatible avec mon honneur de soldat, de gentilhomme et de chrétien. »

Ali-ben-Abbas eut un geste d'impatience, se mordit les lèvres :

— A quoi bon cette réserve?

— Elle est indispensable.

— Je ne puis pourtant pas faire un marché

de dupe. En regard de ta liberté reconquise, j'ai le droit de stipuler pour moi, si le succès me favorise, des avantages positifs.

— Et vous exigez que je vous livre mon âme? A cet esclavage moral je préfère encore l'esclavage du corps. Décidément, je renonce à la partie.

— Insensé, qui refuses un bien immédiat, par crainte d'un mal éventuel, imaginaire!

— Et si vous m'ordonniez, par exemple, de trahir mon pays, de combattre les chrétiens, mes frères?

— Tu oublies que je te demande seulement trois mois d'obéissance hypothétique... Or, il est invraisemblable que la guerre éclate avant l'expiration de ce délai... Ainsi, la perspective de gagner ton indépendance n'a rien qui te tente?

Et le regardant fixement avec une certaine surprise :

— On dirait que la captivité — la tienne, il est vrai, est assez douce — a pour toi quelque charme inconnu?

Gilbert ne put s'empêcher de rougir. Il tremblait que son secret n'eût été deviné.

— Peut-être? balbutia-t-il avec embarras...

Grâce à vos bontés pour moi, ma chaîne n'est pas trop pesante.

Il poussa un soupir :

— Et puis on s'habitue à tout en ce monde !

Cette réflexion philosophique, jointe à l'émotion du jeune croisé, dont il ne pouvait soupçonner les mobiles réels, vint tout à coup donner un autre cours aux préoccupations du chef sarrasin, et fortifier en lui une idée qui avait déjà germé dans son esprit.

— Tu as raison, répondit-il. Et j'ai souvent admiré l'extrême facilité avec laquelle tu as su apprendre notre langue, que tu parles presque aussi bien que si tu étais né au milieu de nous ; te plier à nos mœurs, à nos usages. En vérité, il ne te manque qu'un turban pour devenir l'un des nôtres.

— Votre Hautesse me flatte...

— Tu sais tout, tu comprends tout. Je suis sûr que, depuis que tu es mon hôte, tu as perdu une partie des préjugés et des préventions de ta race...

— Hélas ! pensa le chevalier, plus que je ne voudrais, plus que je ne devrais !

— Je ne suis point un savant, moi ; et le maniement du cimeterre m'est plus familier que l'art d'écrire. Mais plus j'avance en âge, plus je m'imagine que tous les hommes se valent à peu près, sous des costumes divers et avec des croyances différentes. Je n'ai jamais nié que votre Jésus fût, lui aussi, grand prophète... Cependant, jeune homme, Mahomet n'est ni moins grand, ni moins sacré.

— Notre Dieu est plus puissant que votre Allah! hasarda Gilbert.

— Je l'ignore. C'est bien possible... Tu vois si je suis accommodant! Ne trouves-tu pas pourtant qu'il tarde bien à venir te délivrer comme tu l'espérais... Je ne m'en plains pas, moi qui voudrais te garder toujours!...

L'Anglais se taisait. Il sentait, non sans un trouble involontaire, que sa délivrance n'était plus le premier de ses soucis.

Il y eut quelques instants de silence.

— Ah! reprit tout à coup le père de Susie, que n'ai-je dans mon entourage, parmi mes officiers, un homme de ta taille, réunissant comme toi la bravoure et l'intelligence!... Avec son aide je voudrais conquérir le monde...

Puis, d'un ton insinuant :

— Sais-tu la pensée qui m'était venue naguère, et qui, depuis lors, n'a cessé de m'obséder ?

— Quelle pensée?

— Écoute. Tu es jeune, ambitieux, très ambitieux...

— Je l'étais, du moins. Je ne le suis plus...

— Pourquoi?

— Je ne sais.

— C'est pourtant la gloire, la fortune, que tu étais venu chercher en Syrie?

— Où j'ai trouvé bientôt l'esclavage...

— Au lieu des magnifiques destinées que tu espérais, au lieu de la royauté que rêvait pour toi ton père, ainsi que tu me l'as raconté un jour...

— C'est vrai, mais...

— Ne m'interromps pas. Eh bien, ami, si tu le veux, il ne tient qu'à toi de réaliser à la fois tes propres espérances et le rêve paternel.

— Je ne comprends pas.

— Laisse-moi achever. L'estime et l'affection que j'ai conçues pour toi peuvent ouvrir à ton ambition des horizons inattendus. Tu le sais déjà par les confidences que j'ai eu l'occasion de te faire, je n'entends pas rester confiné dans un poste, élevé sans doute, mais enfin secondaire. Je me sens appelé à jouer un rôle plus considérable...

— Et vous le jouerez, j'en suis convaincu. Je me l'étais dit à moi-même plus d'une fois.

— Ainsi, tu le crois ?

— J'en suis sûr.

— Dans mon enfance, un vieux derviche m'a prédit que je monterais un jour sur le trône de Bagdad et cette prédiction doit s'accomplir. Ainsi que mon nom l'indique, j'appartiens par une branche latérale à l'illustre famille des Abbassides qui règne depuis plus de trois siècles ; mes convoitises sont légitimées par ma naissance, par mes services. La situation du Khalife est ébranlée. Si je n'avais échoué devant Edesse, je l'aurais déjà renversé. Il me suffit d'une seule victoire pour conquérir le pouvoir suprême.

— Tous mes vœux, toutes mes félicitations ! s'écria, avec un enthousiasme factice, Gilbert qui ne voyait pas en quoi ces hautes visées pouvaient l'intéresser personnellement.

— Eh bien, il dépend de toi de t'associer à ma fortune, en m'aidant de ton concours. Crois-moi, enfant, tu n'auras pas lieu de t'en repentir. Tiens ! Je possède une fille, une fille de prédilection, que j'aime mieux à elle seule que toutes ses sœurs et tous ses frères réunis...

Les yeux du jeune homme s'étaient subitement voilés; une singulière agitation s'empa-
rait de lui... la sueur coulait de son front ..

— Susie est la plus ravissante de toutes les
filles d'Orient. Elle est pour moi ce qu'était
Fatime pour Mahomet. Ce trésor inappréciable,
dont je n'ai jamais voulu me séparer, je te
l'offre... Elle sera ta femme !

Et profitant de la stupeur qui s'était peinte
sur le visage de son jeune ami :

— Dis un mot, et elle est à toi !

— A moi ?... Votre fille ?... Susie ?

— Oui, à toi! Renonce à ton passé, à tes
amis, à tes souvenirs; abandonne, comme un
vêtement hors d'usage, les croyances de tes
aïeux pour embrasser les nôtres. Incline-toi
devant l'étendard de Mahomet... Tu seras mon
gendre, mon héritier... Après moi, c'est entre
tes mains que sera remis le pouvoir des Khalifes de Bagdad !

Immobile, muet, Gilbert ne voyait plus et
n'entendait plus rien. Il semblait anéanti. Un
tremblement étrange secouait tout son être...
Un douloureux combat s'engageait en lui.

Non pas qu'il éprouvât la moindre hésitation. Les splendides perspectives qu'on fai-

7

sait entrevoir à ses yeux le laissaient indifférent.

Si le nom de celle qu'il aimait n'avait pas été prononcé, il eût brusquement coupé la parole à son geôlier transformé en démon tentateur, et repoussé avec indignation ces propositions outrageantes. Mais l'évocation de cette pure et chère image lui fermait la bouche, arrêtait sur ses lèvres blêmes le cri de protestation prêt à s'en échapper.

— Ai-je bien le droit de relever cette injure? s'avouait-il humblement. Ne suis-je pas trois fois coupable ; et envers ce vieillard que j'ai offensé à son insu; et envers cette enfant qui m'avait sauvé et dont j'ai troublé le cœur; et envers mon pays, ma famille, mon Dieu, que j'oubliais si volontiers auprès d'elle ?

Et il courbait la tête avec accablement. Ce fatal amour le terrassait.

Ali-Ben-Abbas, qui attribuait d'abord ce silence à l'émotion, à l'excès du bonheur, commençait à trouver qu'il se prolongeait bien longtemps. Des plis menaçants se formaient sur son front.

— Quoi ? Tu ne réponds pas ? dit-il d'un ton sec.

Gilbert se leva, et, d'une voix étranglée :

— Que Votre Hautesse me pardonne ! murmura-t-il. Je m'attendais si peu à cette faveur immense... inespérée... que vous m'en voyez tout bouleversé...

— Enfin, tu acceptes ?

— Si j'acceptais, répondit-il avec amertume, je perdrais votre estime ; je m'avilirais à vos propres yeux comme aux miens.

— Pas du tout... C'est de l'enfantillage...

— Dans tous les pays du monde un transfuge, un renégat est un être méprisable. Certes, j'apprécie cent fois plus que vous ne sauriez le croire l'honneur que vous voulez bien me faire, et qu'il est de mon devoir de refuser.

— Ainsi, tu repousses avec dédain la main de ma fille !

— Avec dédain ? Oh ! Non !... C'est avec désespoir, puisque je ne puis l'obtenir qu'au prix d'une infamie. Jamais, quoi qu'il arrive, et dussé-je en mourir, jamais je ne serai parjure à mon Dieu et traître à ma patrie !

Le Pacha, refoulant son désappointement, affecta de sourire :

— Soit ! comme il te plaira, mon ami ! Mettons que je n'ai rien dit.

Au même instant la sonnerie de l'horloge se fit entendre.

— Mais il se fait bien tard... A demain, Gilbert !

Celui-ci comprit ; s'inclinant profondément, il se retira en chancelant, comme un homme ivre.

Ali-Ben-Abbas était à la fois indigné et stupéfié d'un refus brutal, qui non seulement venait contrecarrer ses visées militaires et ses ambitions politiques, mais froissait sa dignité, son amour-propre et ses sentiments paternels dans ce qu'il avait de plus cher au monde.

Ce n'était pas tout à fait au hasard qu'il avait brusquement jeté à la tête de son prisonnier, devenu son ami, sa fille préférée, la seule de ses nombreux enfants pour qui il éprouvât une tendresse allant jusqu'à l'adoration.

Il avait cru s'apercevoir, en effet, que le beau et séduisant chevalier anglais n'était pas indifférent à Susie. La protection chaleureuse dont elle avait entouré l'esclave maltraité par Abdul-Odoul et Aboulfeda, après une rencontre fortuite ; l'insistance avec laquelle elle avait spontanément pris sa défense, les prières qu'elle avait adressées en sa faveur au farouche pacha, la joie mal dissimulée qu'elle avait ressentie en apprenant que le captif serait considéré désormais moins comme un prisonnier de guerre que comme un commensal et un ami : autant de preuves qui ne pouvaient échapper à la sagacité d'un homme aussi avisé que le gouverneur d'Ascalon.

Il ne doutait pas davantage que la reconnaissance de Becket pour sa protectrice ne se fût bien vite transformée en une affection plus tendre.

De cette double conviction était née en lui l'idée d'utiliser cette situation au profit de ses projets d'homme d'État et de ses aspirations vers le khalifat de Bagdad, pour lesquelles le concours et l'alliance d'un vaillant et intelligent guerrier franc converti à l'Islamisme deviendraient une incontestable garantie de succès.

C'était à la fois un triple triomphe : pour lui, d'abord, en servant ses intérêts, en lui assurant la prise d'Edesse, en lui ouvrant les voies qui l'élèveraient peu à peu, du rôle secondaire où il se voyait réduit, jusqu'au poste suprême ; pour la cause sainte du Prophète, à laquelle il gagnerait un de ses plus audacieux ennemis qui, lui-même, pourrait sans doute entraîner dans sa défection plus d'un infidèle de marque; pour sa fille enfin, dont, suivant toutes les vraisemblances, ce mariage ferait le bonheur.

Et voilà que, tout à coup, ce beau rêve s'évanouissait! Ce Gilbert se permettait de refuser le trésor qu'on lui offrait!

Qu'il se cramponnât à la foi de ses pères, qu'il préférât sa lointaine et chétive patrie à la patrie nouvelle qui s'offrait à lui, avec la perspective d'un brillant et quasi royal avenir : le pacha l'eût compris, jusqu'à un certain point, tout en le déplorant

— Qu'il dédaigne notre Allah pour son Jésus, passe encore, se disait-il. Mais qu'il ose dédaigner mon enfant, ma Susie, qui vaut plus, à elle seule, que tous les diamants de la terre; Susie, qui l'a tiré de l'abîme d'abjection où il gémissait, pour l'élever jusqu'à mon amitié, et qui lui a presque sauvé la vie... ah! cela dépasse les bornes de l'insolence et de l'ingratitude !

Il se demandait quel châtiment méritait un pareil affront, et déjà il songeait à le rendre au métier de bête de somme qu'il exerçait naguère, à l'abandonner désormais aux brutalités de son intendant et aux coups de bâton.

Puis, son premier mouvement de colère un peu calmé, il se prit à réfléchir plus froidement.

Malgré lui, il ne pouvait s'empêcher de rendre un secret hommage à la crânerie fière et digne du jeune Franc. Il s'avouait qu'il avait peut-être manqué de diplomatie. Ce n'est pas de but en blanc, sans d'habiles préliminaires, d'ingénieuses et perfides insinuations, que l'on propose à un homme d'honneur, jeune, enthousiaste, loyal, à un soldat courageux, d'être traître à sa conscience, à son pays, à ses frères d'armes, à son Dieu.

— Je le mépriserais probablement s'il eût accepté trop vite! pensa-t-il. C'est un noble et brave garçon, en somme. D'ailleurs, il peut craindre de n'être pas aimé de l'épouse que je lui donnais. Ces gens de l'Occident, ces mécréants, ont à cet égard des idées, des coutumes, des préjugés qui ne s'accordent guère avec les nôtres. Leurs lois, leur religion ne leur permettant d'avoir qu'une femme — ce qui est absurde — ils ne l'acceptent pas volontiers les yeux fermés; ils ont la prétention de la choisir à leur guise...

Bref, il avait été maladroit et s'était trop

pressé. Tout était à recommencer. Gilbert réfléchirait. N'avait-il pas dit lui-même : « Bah ! on s'habitue à tout en ce monde ! » Pourquoi ne s'habituerait-il pas, quelque jour, à l'idée de se convertir à l'islamisme, soit par ambition, soit par amour? Le plus sage était de dissimuler son mécontentement, de ne paraître ni furieux, ni froissé, de ne rien changer à son attitude, de témoigner à son prisonnier sur parole la même bienveillance — quoique un peu plus froide et plus réservée que par le passé — et d'attendre.

Du reste, il sentait vaguement que son compagnon de jeu et de table lui était devenu indispensable et que sa disparition produirait un certain vide dans son existence, un véritable trouble dans ses habitudes. Qui donc ferait chaque soir sa partie d'échecs?

Le lendemain, bien qu'Ali-Ben-Abbas affectât de n'avoir gardé aucun souvenir de la scène qui s'était passée la veille, le chevalier constata que la cordialité du père de Susie n'était plus aussi franche, et qu'il y avait entre eux un nuage. Malgré les sourires que lui prodiguait son hôte et connaissant la duplicité et la fourberie des Orientaux, il devinait à certains

plissements involontaires du front, à certains
froncements des sourcils, qu'au fond du cœur
on lui gardait rancune. La voix n'était plus
aussi caressante, ni la conversation aussi ami-
cale. Il régnait entre les deux hommes une
sorte de contrainte.

VIII

UN RÉGULUS SAXON

Cette gêne, si elle était réciproque, était
moins vive, moins visible surtout, chez le chef
sarrasin que chez son prisonnier ; elle fut, du
reste, de courte durée.

Le nuage qui s'était élevé entre les deux
hommes ne tarda pas à se dissiper, grâce à
l'habile diplomatie du gouverneur d'Ascalon.
Celui-ci avait compris qu'en une matière aussi
délicate, étant données les situations respectives du père et de l'amoureux présumé de
Susie, on doit pas brusquer les choses.

Il venait de commettre une faute stratégique
autrement grave que celle qu'il avait commise
aux échecs et que Gilbert l'avait aidé à réparer

si opportunément. Il se promettait bien de se montrer plus prudent à l'avenir et d'éviter les fausses manœuvres.

Au bout de quelques jours, l'embarras de l'un et les craintes de l'autre avaient disparu ; ils en étaient revenus à la cordialité de leurs relations premières, franchement bienveillantes d'un côté, pleines de respectueuse déférence de l'autre. Gilbert se sentait rassuré. A coup sûr, Sa Hautesse, comme il appelait toujours son amical geôlier, n'avait pas deviné la passion cachée qu'il nourrissait au fond du cœur — il le croyait du moins — et il n'avait plus aucun motif de crainte.

A dater de ce jour, le chevalier anglais n'eut plus à se méfier de certaines questions captieuses relatives aux choses militaires, contre lesquelles, naguère, il avait à se tenir en garde. On ne l'interrogeait plus, on ne lui tendait plus de pièges.

C'était précisément le contraire.

Par une bizarrerie qui ne laissait pas que de l'étonner d'abord, le pacha, quand il avait fumé un peu trop de haschich ou vidé un ou deux flacons de vin de Chypre — car les prescriptions du Koran ne sont pas faites pour les

princes et les grands — se laissait aller à des
confidences singulières et n'hésitait pas à déni-
grer son souverain, les chefs militaires, les
pachas, les principaux dignitaires de la cour
de Bagdad, à révéler bien des secrets d'État,
dont son prisonnier pouvait tirer parti quand
il serait libre... Tout cela était dit avec une
sorte de bonhomie inconsciente qui n'en pouvait faire suspecter la sincérité.

C'était sans doute, supposait le jeune et naïf
Becket, dans une de ces crises extatiques produites par le haschich que le père de Susie lui
avait fait récemment les stupéfiantes propositions, les promesses merveilleuses, considérées
par lui comme un outrage, et lui avait offert,
avec la main de sa fille, le khalifat futur de
Bagdad.

Gilbert se trompait.

Ces expansions plus qu'étranges étaient
calculées, préméditées.

Il y avait là le premier jalon d'un plan hardi
que venait d'imaginer le gouverneur d'Ascalon.

Il lui était entré dans l'esprit une inspiration
qu'il croyait heureuse, et qui, dans tous les cas,
lui permettrait de s'édifier sur les sentiments
réels de sa fille, d'une part, de son prisonnier,

de l'autre, s'il n'en pouvait pas tirer d'autres avantages ultérieurs...

— Gilbert, lui dit-il un soir, laissons de côté aujourd'hui les échecs. Je désire causer avec toi de choses sérieuses...

— Sérieuses ? murmura Becket, qui ne put dissimuler un certain trouble.

Il s'empressa d'ajouter :

— Les conversations dont daigne m'honorer Votre Hautesse le sont toujours, j'imagine ?

— Oh ! oh !... Pas toujours, tu le sais bien, repartit le pacha en souriant.

Le jeune homme rougit en écoutant cette allusion à la scène qui avait failli amener pour lui une terrible disgrâce.

— Tu n'as pas besoin de rougir, mon enfant. Je n'ai aucun reproche à t'adresser... Au contraire. Mon estime pour toi, ma confiance absolue en ta loyauté, n'ont pu que s'accroître, en raison même d'un refus, qui n'avait rien d'offensant, ni pour moi, ni pour personne...

Il réfléchit quelques instants, plongea un regard scrutateur dans les yeux du chevalier, pour y découvrir le fond de sa pensée ; puis, il reprit :

— J'ai une proposition à te faire — et, cette

fois, tu l'accepteras, je présume, — et une mission à te donner, que tu ne refuseras pas, j'en suis sûr, d'autant plus sûr qu'elle te procurera des avantages inappréciables... Ecoute-moi :

Becket s'inclina.

— Cette mission, c'est justement celle que je t'aurais donnée l'autre jour, en t'offrant, comme enjeu d'une partie décisive, ta liberté complète. En échange, et si tu étais battu, je ne te demandais que de te mettre pendant trois mois à ma discrétion... T'en souviens-tu?...

— Je m'en souviens.

— ... Et de m'obéir aveuglément pendant ce délai. T'en souviens-tu?...

— Je m'en souviens.

— Des scrupules, respectables peut-être, mais exagérés, ne t'ont pas permis d'accepter...

— C'est vrai.

— Que craignais-tu donc? Que je te donne en cas de guerre avec les croisés, tes frères, des ordres que tu n'aurais pu exécuter sans félonie? Que j'exige de toi je ne sais quelle trahison? C'est cela, n'est-ce pas? Et c'est pourquoi tu formulais des réserves injurieuses pour moi?

— Hélas! c'est vrai...

— Eh bien, tu me jugeais mal, tu me calomniais... Et toute ma conduite envers toi aurait dû me protéger contre tes soupçons.

— J'en demande pardon à Votre Hautesse. Je craignais qu'en cas de guerre...

Le pacha haussa les épaules, et saisissant le bras de son prisonnier, il murmura d'une voix sourde :

— La guerre! Eh, mon pauvre ami, est-ce que nous pourrions avoir envie de la faire, puisque nous n'en avons pas les moyens? Puisque, grâce à l'incurie du Khalife, aux dilapidations de son entourage, la désorganisation militaire est chez nous complète. Tout est en désarroi. Les troupes n'obéissent pas à leurs chefs qui ne s'entendent pas entre eux!... Ah! s'il y avait une autre direction, un gouvernement plus énergique... Si j'étais le maître, enfin!... Ah! ce serait une autre affaire!... Pour le moment...

Et, s'interrompant, comme s'il regrettait d'en avoir trop dit :

— Mais qu'est-ce que je te raconte là... à toi, notre ennemi? Est-ce que je perds la tête?

— En ce moment, je ne suis que votre hôte reconnaissant...

Il ajouta :

— Et que vous voulez bien traiter en ami.

— C'est à ce double titre que je te parle à cette heure. Les pourparlers engagés, il y a quelque temps, en vue d'un échange de prisonniers et d'une trêve de trois ans — pourparlers que tu as ignorés — ont échoué par la faute de nos maladroits négociateurs.

— Ah ! je ne le savais pas, en effet, interrompit Gilbert.

— Et cependant le commandant de la place d'Edesse, un de tes compatriotes...

— Un de mes compatriotes? demanda vivement le jeune homme.

— Oui... le baron de... de... je ne me rappelle pas le nom, avait reçu du roi Baudouin pleins pouvoirs pour traiter. Bref, j'en viens à ma proposition. Je me suis fait autoriser par le Khâlife à reprendre, sous ma responsabilité personnelle, les négociations rompues. Acceptes-tu le rôle de parlementaire que je te destine et veux-tu te charger d'un message pour le commandant de la place?

— Pouvez-vous me demander si j'accepte?

s'écria-t-il avec joie. Mais, bien entendu...

— Je devine ce que tu veux dire : oui, cette mission de confiance te dégage en partie et momentanément de l'engagement d'honneur que tu as contracté envers moi...

— Je pourrai donc enfin revoir mes compagnons d'armes, apprendre des nouvelles de la patrie, de ma famille, écrire librement à ma mère, à mon père?

— Naturellement, et cela pendant quinze jours francs. Mais n'oublie pas que tu es toujours prisonnier sur parole. Ce délai passé et quel que soit l'accueil fait au message pacifique dont tu seras porteur, tu reviendras reprendre ta chaîne — qui, matériellement, du moins, n'est pas bien lourde, n'est-ce pas? — en attendant, si des pourparlers sont acceptés par l'ennemi, la conclusion d'une trêve de trois ans et d'un échange de prisonniers.

— C'est entendu. Je le jure!

Et d'une voix sourde, comme s'il se parlait à lui-même, il ajouta :

— Je ferai comme « Régulus », dussé-je avoir la même fin que lui!

— « Régu... », qu'est-ce que tu dis là?

— C'est un souvenir de mes études qui me

revient en mémoire... Peut-être Votre Hautesse ignore-t-elle...

— Tu sais bien que je suis un ignorant...

— Pas du tout. Seulement, vous n'êtes pas obligé de connaître l'histoire romaine, de vous rappeler les luttes mémorables de Rome et de Carthage...

— J'avoue que... Mais qu'était-ce... Régu..., dont tu me parlais?

— Régulus! C'était un consul de Rome. Au cours des guerres terribles entre les deux pays, il fut fait prisonnier par les Carthaginois... à peu près dans les mêmes circonstances que moi...

— Tiens! C'est très intéressant cela... Continue.

— Les Carthaginois, lui rendant la liberté sur parole, le chargèrent d'aller proposer à ses concitoyens un armistice, un échange de prisonniers... Il partit...

— Et que répondit son pays?

Gilbert se gardait bien de dire que Régulus avait lui-même dissuadé les Romains d'accepter les propositions carthaginoises, ce qui eût mis le pacha en défiance.

— Les Romains refusèrent l'échange des prisonniers et l'armistice. Et le vieux consul, malgré les supplications de sa femme et les embrassements de ses enfants, de ses amis, retourna reprendre ses fers à Carthage, où il fut livré aux plus cruels supplices. Il était l'esclave de sa parole. Au besoin, faut-il vous le dire, je ferai comme lui...

— Oh! tu réussiras, toi! Tu es si instruit; tu parles si bien! Ce pauvre « Régulus » n'avait pas ton éloquence.

— C'était un noble cœur... Au cas où j'échouerais, vous me traiteriez peut-être comme on l'a traité.

Le pacha protesta du geste :

— N'es-tu pas mon ami? Quoi qu'il arrive, tu sais bien que tu n'as rien à craindre...

— Quoi qu'il en soit, ce délai de quinze jours n'est qu'un délai extrême. S'il est nécessaire, je reviendrai plus tôt!

— A quoi bon?... A moins que ce ne soit pour m'apporter une bonne nouvelle... Dans le cas contraire, jouis donc le plus longtemps possible de ta liberté. Il faudra bien à tes chefs le temps de réfléchir, d'en référer, au besoin, au roi de Jérusalem... Un demi-mois, c'est même trop peu. Je t'accorde trois semaines.

— Quand devrai-je partir?

— Après-demain matin. D'ici là j'écrirai mon message. Je te choisirai moi-même le meilleur cheval de mes écuries. Une escorte t'accompagnera jusqu'aux avant-postes ennemis.

Quels étaient le but réel et les arrière-pensées de cette tentative de conciliation entre le Croissant et la Croix, dont Ali-Ben-Abbas ne désirait pas du tout le succès? C'était un nouveau et double piège tendu, d'une part à l'ennemi du Prophète, de l'autre à son commensal et ami, dont il ne désespérait nullement de faire son gendre.

Gilbert ne manquerait pas évidemment de communiquer au commandant d'Edesse les renseignements pessimistes qu'il lui avait, avec une maladresse volontaire, calculée, donnés, à certaines heures, sous l'influence d'une ébriété factice, sur la désorganisation des forces musulmanes. Et peut-être l'adversaire serait-il tenté d'en profiter pour prendre une audacieuse et imprudente offensive. Pendant ces trois semaines les préparatifs se continueraient avec activité à Bagdad et à Ascalon.

De plus, cette séparation momentanée redoublerait la passion secrète que le chevalier — il n'en doutait plus — éprouvait pour sa fille, passion devant laquelle s'évanouiraient les scrupules religieux et patriotiques contre lesquels il s'était heurté naguère. Et c'était avec l'aide de l'amoureux de Susie qu'il s'emparerait d'Edesse.

Et si, par impossible, son émissaire, manquant à la foi jurée, ne revenait pas se constituer prisonnier, la pauvre Susie serait guérie par ce parjure, cette ingratitude et cette trahison, de son amour insensé pour un ennemi de son pays, de sa race et de sa croyance.

La sérénité avec laquelle le surlendemain la jeune fille apprit le départ du prisonnier pour Edesse — sérénité dont nous verrons plus loin la cause — surprit bien quelque peu le père.

— Elle ne redoute donc pas que mon parlementaire manque à sa parole? pensa-t-il. Bah! elle dissimule, la chère petite!...

IX

PERPLEXITÉS

Tandis que Gilbert Becket, accompagné de son escorte, quitte Ascalon, au grand trot du

magnifique et vigoureux alezan que lui avait
choisi le pacha, revenons de quelques jours en
arrière. Voyons ce qui s'était passé dans le
cœur des jeunes gens, depuis la scène drama-
tique qui avait failli devenir si fatale à leur
mutuelle passion.

De nouvelles luttes intérieures s'étaient en-
gagées dans l'âme de Gilbert, qui se reprochait
de s'être abandonné imprudemment à une passion irréfléchie dont il n'avait pas prévu les
conséquences éventuelles, et moins encore l'é-
trange proposition qu'on lui avait faite, ni le
refus outrageant qui devait fatalement, à un
moment donné, attirer sur sa tête la plus implacable des inimitiés.

Devait-il couper court au roman ébauché, renoncer d'une manière définitive aux entrevues
furtives à la petite porte du parc?

Son devoir ne lui commandait-il pas d'arracher de son cœur, au risque d'en souffrir
cruellement, un amour sans issue honorable
possible, et qui constituait un crime envers sa
foi et sa patrie, et une action odieuse envers
celle dont il se savait aimé, et qu'il n'avait pas
plus le droit de séduire qu'il ne lui était permis
de l'épouser?

— Non ! s'écria-t-il. Ce serait une lâcheté. Pas plus que les incitations et les promesses du père n'ont pu faire de moi un rénégat, je ne serai traître envers la fille, à qui j'ai juré un éternel attachement.

Le soir même, il se rendait, avec les précautions habituelles, au bosquet que le lecteur connaît déjà, et attendait que la petite porte s'ouvrît...

Sa première pensée en venant au lieu accoutumé de leurs rendez-vous était de révéler à Susie l'incident grave qui s'était produit entre lui et le pacha, de ne lui rien cacher : ni les propositions injurieuses pour son honneur qui lui avaient été faites, ni le prix inestimable qu'on lui avait offert en échange d'une trahison, ni le trésor précieux qui devait être la récompense d'une infamie, ni l'indignation avec laquelle il avait repoussé ce marché...

Mais le langoureux abandon avec lequel elle se jeta toute confiante dans ses bras arrêta dans sa bouche l'aveu prêt à s'en échapper. Le baiser qu'échangèrent leurs lèvres frémissantes lui parut si doux, qu'il n'eut ni la force ni le courage de parler, ni la cruauté de détromper l'adorable créature, de lui apprendre la vérité!

Peut-être aussi avait-il peur de sa propre faiblesse et tremblait-il de n'oser pas résister aux séductions irrésistibles de cette ravissante enfant ; de glisser, sans s'en apercevoir, sur la pente fatale de l'apostasie et de la trahison, et de finir par accorder à la fille, si elle le demandait, ce qu'il avait si fièrement refusé au père?

Il se laissa aller au courant qui l'entraînait, oubliant le passé, vivant dans le présent, comptant sur l'imprévu pour le tirer de l'impasse où il était acculé ; maudissant plus que jamais les artificielles et ridicules barrières que la sottise humaine a élevées entre les hommes — tous enfants de la même nature — parce qu'ils ne s'habillent ni ne se coiffent de la même manière, que les uns portent un casque tandis que les autres s'enroulent un turban autour de la tête ; que ceux-ci appellent *al Koran* et ceux-là l'*Évangile*, leur livre sacré !

Pour l'instant, sans qu'il eût osé se l'avouer à lui-même, il n'avait plus qu'une patrie, qu'une croyance, qu'un Dieu, qu'une passion, qu'une religion, qu'une préoccupation, qu'une joie et qu'un espoir. Le monde entier se résumait à ses yeux, ou plutôt à son cœur, en un seul mot, en un seul nom : Susie!

Ali-Ben-Abbas, lui non plus, n'avait rien dit
à sa fille et, s'étant borné à la sonder d'une
façon habile et discrète, n'avait pas eu de peine
à s'assurer des sentiments secrets qu'elle nourrissait à l'endroit du prisonnier. Son irritation
sourde contre celui-ci s'en accrut. L'amitié
qu'il lui avait montrée jusqu'alors fit place insensiblement à une animosité plus ou moins
déguisée... les relations, sans être trop visible-
ment tendues entre les deux hommes, furent
pendant quarante-huit heures moins cordiales,
en dépit des efforts que tentait Gilbert pour se
concilier les bonnes grâces du gouverneur.

Il commençait à redouter que le vieillard,
ayant peut-être fait exercer une surveillance
occulte par l'une des femmes du harem ou par
l'une des filles de service de Susie, n'eût surpris le secret des rendez-vous nocturnes; et les
deux amants redoublèrent de précautions et se
rencontrèrent plus rarement. C'était une fausse
alerte, et l'on ne se doutait de rien. La mauvaise
humeur du pacha avait d'ailleurs une autre
cause, purement militaire. Les troupes musulmanes irrégulières, dans un engagement avec
les infidèles, venaient d'éprouver un nouvel
échec, et précisément dans les environs de

cette place forte d'Edesse, tant convoitée, échec qu'Ali-Ben-Abbas n'avait eu garde de faire connaître à son captif. Il avait, au contraire, transformé en victoire cette défaite. Becket, se méfiant de sa sincérité, avait accueilli cette communication avec une sorte d'indifférence, ne manifestant ni une joie qu'on ne pouvait décemment exiger de lui, ni un chagrin qu'il ne ressentait nullement, presque convaincu que l'information devait être mensongère et n'avait d'autre but que de le décourager.

— La nouvelle ne t'émeut pas plus que cela, jeune homme ! murmura le vieux soldat.

— Bah ! C'est surtout à la guerre qu'on doit faire une provision de philosophie, accepter le succès sans enthousiasme, les revers sans désespoir. Comme vous autres, Orientaux, je suis fataliste, moi aussi. Nous sommes vaincus ! c'était écrit ! Demain, nous serons vainqueurs : c'est écrit !

Le sectateur de Mahomet se mordit les lèvres ; cette assurance quelque peu ironique de son interlocuteur le troublait. Comme il était très intelligent, très avisé :

— Il ne croit pas un mot de ce que je lui ai dit ! pensa-t-il, il se moque de moi...

Son front se plissa :

— Nous verrons qui l'emportera de lui ou ou de moi. Je saurai bien l'obliger à céder ! Il deviendra un des nôtres, un fils dévoué du Prophète, et il épousera ma fille... Je ferai malgré lui son bonheur et sa fortune !...

C'est alors que l'idée lui était venue de l'envoyer en mission à Édesse.

Le départ de cet étrange prisonnier qui était en même temps le favori du grand chef, son compagnon, son ami, son inséparable partner aux échecs, produisit dans le haut personnel du palais un mouvement presque général, et à peine dissimulé, de vive satisfaction.

Cette faveur exceptionnelle d'un ennemi avait excité depuis longtemps, on le devine, bien des sourdes jalousies dans l'entourage du pacha, parmi ses principaux officiers, et tout « l'état-major » sarrasin — pour employer l'expression générique moderne, empruntée d'ailleurs à l'espagnol (*estado mayor*) — détestait cordialement le jeune chevalier anglais, bien qu'en apparence, et pour ne point déplaire au maître, on fût obligé de lui faire bonne mine, d'avoir pour lui les plus grands égards.

L'intendant général Abdul-Odoul, bien que

Gilbert ne lui eût jamais gardé rancune des odieux traitements dont il avait été victime au début de sa captivité, se montrait plus enchanté que les autres de cette disparition, que tout le monde considérait comme définitive.

En dépit de la mission secrète dont leur avait parlé le gouverneur, personne ne croyait que le porteur du message pût être assez sot, quel que dût être le résultat de cette tentative de conciliation, pour revenir se constituer prisonnier. Et l'on riait sous cape de la naïveté d'Ali-Ben-Abbas, qui avait cru à la parole d'un « giaour. »

— Enfin, nous en voilà débarrassés ! se disaient-ils l'un à l'autre. Et si nous revoyons jamais ce chien de chrétien, ce sera sur le prochain champ de bataille où le Croissant prendra sa revanche.

On suppose bien que Becket ne pouvait se résigner à quitter Ascalon sans avoir revu Susie, sans avoir échangé avec elle une dernière étreinte avant cette séparation imprévue. Il ne doutait pas du reste qu'elle ne fût, dès le lendemain matin, informée de cette absence momentanée quand elle viendrait présenter son front au baiser paternel. Il se rendit donc, la veille du départ, à l'heure habituelle, à la porte secrète du parc.

Avec cette prescience, cet instinct des femmes aimantes, Susie, qui n'avait rien appris encore, comprit, rien qu'à l'extrême émotion de Gilbert, quand il la pressa dans ses bras, à son trouble, à son embarras, à son attitude vraiment exceptionnelle, qu'il avait dû se produire quelque chose de nouveau.

— Qu'as-tu donc, chéri? murmura-t-elle. Que se passe-t-il?... Tu parais tout bouleversé! Parle! Parle? Je t'en supplie! Je ne t'ai jamais vu ainsi...

— Alors, vous (1) ne savez rien? balbutia-t-il.

— Quoi? tu m'apportes une mauvaise nouvelle, Gilbert?

— Une nouvelle, oui, puisque je vois que votre père ne vous a rien dit! Mauvaise absolument, non!

— Je ne comprends pas!...

— Si vous me voyez si ému, c'est que je suis à la veille de vous quitter...

(1) Mes lecteurs n'ignorent pas que le tutoiement n'est pas admis en Angleterre. On ne tutoie ni son père, ni sa femme, ni son enfant, ni son ami — si ce n'est dans la haute poésie. On ne tutoie que Dieu.

Susie lui saisit le bras avec violence :

— Me quitter?... Tu veux m'abandonner, ingrat! Toi à qui j'ai donné mon cœur et ma vie!

— Rassurez-vous, chère âme! J'aimerais mieux mourir que de renoncer à vous!

— Eh bien, alors?

— C'est votre père, qui me charge d'une mission tout à fait confidentielle, et que j'accepte avec joie.

— Avec joie! s'écria-t-elle avec surprise.

— Une joie mêlée de chagrin, hélas! d'un chagrin profond, celui de ne plus vous voir pendant quelques semaines, la joie de revoir mes amis, mes frères d'armes, de pouvoir donner de mes nouvelles à ma famille, écrire à ma bonne mère, lui apprendre que je ne suis pas mort, comme elle doit le croire...

— Ta mère! Ah! Je te comprends d'autant mieux que je n'ai jamais connu la mienne.

Il se mit alors à lui expliquer en quelques mots l'objet et le but de sa mission, et le serment qu'il avait fait de revenir, quoi qu'il pût arriver, dans le délai maximum de trois semaines...

— Si, pourtant, tu ne revenais pas, Gilbert?

— C'est que je serais mort, Susie !

— Si tes amis, si tes compagnons d'armes te retenaient malgré toi ?

— Je saurais bien leur échapper !... Et, d'ailleurs, mon honneur de chrétien et de chevalier n'est-il pas engagé ?

— Oh ! si je ne te revoyais pas, j'en mourrais, vois-tu, mon Gilbert !

— Rassurez-vous, mon ange adoré, si je ne revenais pas dans le délai fixé par votre père, c'est que je serais mort !

Je reviendrai. Je vous le jure sur ce que j'ai de plus sacré : sur la vie de ma mère !

Et il la pressa une fois de plus dans ses bras, en la couvrant de baisers.

Susie se sentit rassurée. Il y avait dans la voix de celui qu'elle aimait un tel accent de sincérité, qu'elle ne pouvait plus douter.

— Je vous ai voué mon existence entière, et je vous engage mon honneur de chrétien et de gentilhomme, ajouta Becket.

Puis, saisissant les mains de la jeune fille :

— Mais, je vous en conjure, ajouta le chevalier, ne prolongez pas davantage ce suprême entretien avant mon départ. J'ai toujours peur que nous ne soyons épiés, surpris. En ce cas, nous serions perdus !

— Tu as raison... C'est pour toi surtout que je tremble, mon Gilbert... Oui ! Donne-moi un suprême baiser et retire-toi...

— Et si votre père vous annonce demain que je suis parti...

— Oh ! sois tranquille, je ne serais pas une fille d'Orient, si je ne savais pas dissimuler. Cette nouvelle me laissera indifférente. Encore un dernier baiser !... Et pars, mon Gilbert, mon amour ! Pars, et que Allah et Mahomet te protègent dans ton voyage !

Ils se jetèrent dans les bras l'un de l'autre et se séparèrent.

La porte grinça de nouveau sur ses gonds rouillés. Susie pleurait à chaudes larmes.

X

L'ÉVASION

Depuis bien des mois, depuis la défaite des Sarrasins et la poursuite imprudente de la compagnie commandée par Becket, on était persuadé à Edesse que cette petite troupe de héros audacieux avait été enveloppée et massacrée par l'ennemi.

Aussi ne fut-on pas médiocrement stupéfait, quand, le drapeau parlementaire ayant été arboré aux avant-postes de la place d'Edesse, on introduisit dans la place, et que l'on conduisit auprès du commandant un officier européen envoyé en mission par le chef ennemi, dont il était évidemment le prisonnier.

Par une de ces coïncidences étranges, inexplicables, auxquelles se complaît le hasard, le nouveau gouverneur d'Edesse était justement le baron de Sussex, sous la bannière duquel Gilbert Becket s'était engagé quelque vingt mois auparavant pour aller chercher fortune en Palestine.

On devine avec quel enthousiasme le jeune chevalier fut accueilli par son chef et par ses anciens compagnons d'armes! Ce fut une scène émouvante. Le baron normand embrassa avec une sincère cordialité son jeune engagé volontaire, à l'endroit duquel, en raison de son origine saxonne, il nourrissait, peut-être, au début, une certaine défiance.

Le prisonnier sur parole d'Ali-Ben-Abbas fit

le récit de son aventure, avec toutes les réserves et toutes les réticences qui étaient de
rigueur. En remettant au baron de Sussex la
lettre d'Ali-Ben-Abbas, il se contenta de dire
qu'il avait été très courtoisement traité, ainsi
que le prouvait, d'ailleurs, la mission de confiance dont on l'avait chargé.

Pas un mot, bien entendu, de l'intimité éta-
blie entre le pacha et son prisonnier; encore
moins du rôle angélique joué en cette affaire
par la propre fille du chef sarrasin.

Il ajouta que, dans tous les cas, le prisonnier
sur parole était engagé d'honneur à revenir,
dans l'hypothèse d'un refus catégorique d'armistice, reprendre sa chaîne, fort douce du
reste...

Le baron de Sussex haussa les épaules en
marmottant :

— Bah! Est-ce qu'il peut y avoir des engagements d'honneur envers ces brigands-là !

On n'avait pas du reste à réfléchir longtemps
sur la réponse à faire aux propositions du
khalifat transmises par l'intermédiaire du
pacha et apportées par Gilbert Becket.

Ce ne pouvait être qu'un refus...

— C'est sans doute leur dernier échec qui

9

l'engage à demander une trêve, dit le baron...
Vous n'ignorez pas sans doute que nous avons
durement châtié naguère une incursion de
leurs hordes irrégulières, qu'ils ont l'habitude
de nous jeter dans les jambes, quand ils affec-
tent de manifester les intentions les plus paci-
fiques. Vous avez dû le savoir, puisque vous
étiez favorisé de l'estime d'Ali-Ben-Abbas?

Becket se mit à sourire :

— Il m'a parlé, au contraire, d'une victoire
remportée par les troupes ottomanes. Il va
sans dire que je n'en ai rien cru.

— Ces infidèles sont le mensonge incarné.

— Je le sais; j'ai eu l'occasion de m'en apercevoir, répondit l'ex-captif du pacha.

— Je vais tout simplement répondre immé-
diatement par un refus sec et net. C'est, je
présume, votre avis, n'est-ce pas?

— Parfaitement... Mais l'envoi de cette réponse ne presse pas. Je lui ai dit, en bon diplo-
mate, que l'on réfléchirait sans doute quinze
jours ou trois semaines avant toute décision.

Le principal souci du parlementaire, dès
qu'il eut remis à son chef la lettre du pacha,
fut naturellement de prendre connaissance des
lettres parvenues à son adresse depuis sa cap-

tivité, d'écrire longuement à sa bonne mère, de se renseigner sur tous les événements qui avaient pu se passer en son absence, soit en Palestine, soit en Angleterre, depuis qu'il était prisonnier.

Combien il était heureux de se retrouver parmi ses compagnons d'armes, de pouvoir causer avec eux des choses d'Europe! Mais le souvenir de ce qu'il avait laissé à Ascalon ne le, quittait pas. Après deux semaines, il lui semblait que deux ans s'étaient écoulés depuis qu'il avait quitté Susie.

Ne pouvant contenir plus longtemps son impatience, il rappela au commandant baron de Sussex qu'il devait aller porter la réponse négative décidée dès la première heure.

— Êtes-vous fou, mon jeune ami?

— Pourtant j'ai donné ma parole de gentilhomme et de chrétien...

— Est-ce qu'il peut être question de parole ni d'honneur avec ces Sarrasins? Vous êtes libre, n'est-ce pas? Vous resterez libre...

— Pardon, monseigneur, mais...

— Je vous dégage de votre parole et de votre serment.

Et comme Gilbert protestait et manifestait

avec énergie l'intention de se reconstituer prisonnier des Sarrasins :

— Je vous le défends... Au besoin, je vous empêcherai de force de partir. Il y a des cas où la loyauté deviendrait de la duperie. C'est justement votre cas... Et s'il le faut, au lieu d'être mon compagnon d'armes volontaire, vous serez mon prisonnier !

Gilbert s'inclina en signe d'obéissance et d'acquiescement. Mais outre son serment à son geôlier, dont il aurait pu s'estimer dégagé par la défense de son chef naturel, il y avait un autre serment bien autrement sérieux.

Trahir son geôlier, il le pouvait à la rigueur, étant donnée l'obéissance due à son chef; mais manquer de parole à Susie, jamais.

Quelques jours plus tard, profitant d'une occasion favorable, et sous le prétexte d'une promenade, il montait le cheval prêté par Ali-Ben-Abbas, et s'enfuyait vers Ascalon...

Le pacha accueillit cordialement le prisonnier si fidèle à ses engagements, fit semblant de déplorer le refus opposé par le chef ennemi à sa proposition de trêve et d'échange.

Il se garda bien de faire causer Gilbert sur ce qu'il avait pu voir à Edesse. Il se réservait...

Quant à la jeune fille, on devine si elle était radieuse du retour de l'aimé.

Malheureusement, une circonstance inattendue vint, quinze jours plus tard, faire éclater l'orage et précipiter la crise.

XI

TERRIBLE DILEMME

Fille unique de la seule de ses femmes qu'il eût vraiment aimée, et dont la mort prématurée avait plongé Ali-Ben-Abbas dans la plus profonde douleur, Susie était, nous l'avons vu, non seulement sa préférée, mais la seule de ses nombreux enfants dont il se préoccupât. Les autres, tous ensemble, n'occupaient dans ses affections qu'une place secondaire, presque insignifiante.

Elle seule, au lieu d'être, comme les autres, confinée dans le harem, jouissait du privilège de pénétrer, à n'importe quel moment du jour, dans le palais et dans l'appartement de son père, de se promener à sa fantaisie, accompagnée d'une ou deux suivantes, dans la ville

et dans les environs. Dès son bas âge elle exerçait sur le pacha un empire despotique qui
n'avait fait que s'accroître à mesure qu'elle
avait grandi et qu'elle était devenue femme.

C'est ainsi que nous l'avons vue, dans une
de ses excursions, défendre et protéger, contre
les sévices d'un surveillant, le prisonnier
étranger réduit en esclavage, puis obtenir sa
grâce et l'introduire dans la faveur paternelle;
c'est ainsi qu'elle avait pu se glisser, sans témoins, jusqu'au fond du parc, tout près du
bosquet où elle savait que son protégé dirigeait, chaque jour, ses rêveries solitaires; c'est
ainsi qu'elle avait pu, sans exciter les moindres soupçons, se rencontrer avec lui deux fois
par semaine.

Les jalousies et les haines sourdes que ne
pouvait manquer de provoquer dans le pavillon des femmes cette situation exceptionnelle étaient forcées de désarmer devant sa
douceur, sa bonté, et aussi devant la crainte de
s'attirer une inimitié redoutable. Cette enfant
gâtée n'avait-elle pas, dans le palais, une influence prépondérante? N'exerçait-elle pas sur
le maître la plus puissante en même temps que
la plus gracieuse des tyrannies : la tyrannie de

la persuasion ? Était-il un seul de ses caprices, une seule de ses fantaisies, qui se fussent jamais heurtés à un refus ?

Souverain absolu dans toute l'étendue de son Pachalik, Ali-Ben-Abbas était l'esclave — aussi docile que volontaire esclave — de son enfant bien-aimée, avec laquelle aucune de ses femmes, aucun de ses lieutenants n'eussent osé entrer en lutte, risquer le moindre conflit.

Elle seule avait le privilège de venir le trouver dans sa chambre ou dans son cabinet de travail, sans se faire annoncer, alors même qu'il était le plus occupé des affaires de l'État ; de se glisser furtivement chez lui, de le surprendre, de se jeter à son cou !

Un matin qu'elle venait de faire à son père, sournoisement, une de ces imprévues et espiègles visites et juste au moment où elle ouvrait la porte pour se retirer, elle se trouva face à face avec Gilbert, que le Pacha avait précédemment appelé auprès de lui...

La rencontre était-elle tout à fait fortuite ?

Était-ce, au contraire, un hasard préparé ? Susie, qui n'avait été vue de son amant que le soir, dans l'obscurité, ou, tout au plus, à la pâle clarté de la lune, Susie avait-elle voulu

montrer enfin à celui qu'elle aimait, en pleine
lumière, au grand soleil, et dans toute sa splendide beauté, débarrassé des voiles importuns
imposés par les mœurs, son radieux et admirable visage?

Ou bien encore était-ce le père lui-même qui
avait ingénieusement combiné cette petite
mise en scène, avec quelque arrière-pensée
facile à deviner? Avait-il désiré qu'il connût,
qu'il pût contempler le trésor inappréciable
dédaigné par lui?

Je ne sais.

Quoi qu'il en fût, Susie, effarouchée en se
trouvant face à face avec un étranger qu'elle
feignit de ne pas reconnaître, jeta un grand
cri, se rejeta en arrière, rentra dans l'appartement, et s'enfuit, avec une confusion un peu
factice, par une autre porte.

Ali-Ben-Abbas s'était brusquement levé, l'œil
étincelant, la physionomie menaçante, les
joues rouges d'une fureur plus ou moins sincère.

— Ah! c'est toi! dit-il d'une voix sombre et
glaciale, en apercevant l'intrus qui restait
interdit, essayait de s'excuser d'un geste
timide.

Ce qui le troublait et l'inquiétait surtout, c'était la crainte d'avoir peut-être, à son insu, compromis la jeune fille. L'attitude irritée du père ne lui présageait rien de bon.

— Aurait-il découvert quelque chose? pensait-il.

Il y eut quelques instants d'un silence peu rassurant. Le vieillard dévisageait son prisonnier d'un regard sévère, dur, et semblait réfléchir, hésiter...

— Votre Hautesse m'a fait demander? balbutia le chevalier anglais d'un ton qu'il tâchait de rendre aussi ferme que le permettait son émotion.

C'était dans la pensée de le calmer qu'il lui donnait cette qualification injustifiée, qui flattait toujours le gouverneur d'Ascalon.

Celui-ci se rassit sur ses coussins, se croisa les jambes :

— Oui, en effet, dit-il, j'avais besoin de toi.

— Je suis aux ordres de Votre Hautesse.

— Mais ce n'est plus de cela qu'il s'agit. J'ai maintenant autre chose à te dire, quelque chose de bien plus sérieux, de bien plus grave... en raison de ce qui vient de se passer.

Le jeune homme restait bouche béante.

— Allons! Il sait tout! se dit-il... Je suis
perdu...

— Tu connais assez nos usages et nos mœurs
pour comprendre ce que je veux dire.

— Pardonnez-moi. Je ne comprends pas...

— Ignores-tu donc que l'homme qui a vu, ne
fût-ce qu'une minute, à découvert et sans
voile, le visage d'une jeune fille de haut rang
n'a plus qu'à choisir entre deux alternatives...

— Je l'ignorais.

— Ou bien l'épouser... si toutefois il est
digne d'elle...

Becket tressaillit. Son cœur battait avec
force ; ses traits, soudain décomposés, révé-
laient ses secrètes angoisses.

Épouser Susie! Ce serait le plus cher de ses
vœux, puisqu'il l'aimait avec passion. Bien des
fois, depuis quelque temps, il avait fait un beau
rêve... La paix définitive était signée, ou bien
un échange de prisonniers avait lieu ; il était
libre; il pouvait retourner en Angleterre, embrasser sa mère, qui le pleurait, qui avait dû le
croire mort avant la lettre qu'il lui avait écrite
récemment d'Edesse, et que sans doute elle
n'avait pas encore reçue. Avec quelle ivresse
il reverrait sa patrie! Mais s'il quittait le sol

asiatique, il ne partait pas seul. Il enlevait et emmenait sa fiancée. Et c'était une Susie nouvelle, une Susie convertie à la foi chrétienne qu'il épouserait triomphalement à Londres... Hélas! le rêve semblait moins près que jamais de devenir une réalité!

Ali-Ben-Abbas, après avoir tenté de lire dans les yeux de son interlocuteur sa pensée secrète, continua :

— Je t'ai dit la première alternative : ou bien épouser la jeune fille. Veux-tu connaître la seconde ?

Gilbert, pensif, la tête baissée, ne répondait pas.

— Ou bien mourir...

A la vive surprise du pacha, le dilemme dans lequel il enfermait le chevalier ne semblait pas avoir produit sur lui l'effet qu'il en attendait.

— Eh bien, as-tu fait ton choix ?... reprit-il. Tu ne saurais hésiter, je suppose?

— Je n'hésite pas ! répondit enfin, d'un accent résolu, Gilbert Becket.

— A la bonne heure! s'écria le père, dont le front s'éclaircit subitement, et qui se méprenait sur le sens de cette parole. Je savais bien,

moi, que tu réfléchirais et que nous finirions
par nous entendre. Je suis prêt à te pardonner
maintenant ta conduite passée... Ah! j'ai été
un moment bien furieux contre toi... Et il y
avait bien de quoi!... Faire un pareil outrage à
ce que j'ai de plus cher au monde, à ma fille!

— Moi? J'ai outragé votre fille? interrompit
vivement Gilbert... outragé cet ange, digne de
tous les respects comme de toutes les adora-
tions?...

— Tiens! tiens! Voilà que tu t'enflammes à
présent, reprit tout joyeux le chef sarrasin...
Tu ne dédaignes donc plus Susie, jeune mécréant?

— La dédaigner? Moi?... Oh! si vous saviez
combien...

— Combien tu l'aimes!... Ah! ah! ah!... Eh
bien, oui, mon beau chevalier, tu nous avais
outragés, elle et moi. Quel plus sanglant affront
pour une jeune fille que de refuser avec mépris
sa main que vous offre son père en y joignant
la fortune, la gloire et les plus hautes destinées en perspective! Enfin tout est réparé,
tout est oublié, puisque tu deviens son époux.

Becket pâlit. La loyauté la plus élémentaire
lui ordonnait de dissiper bien vite le déplo-

rable malentendu qui se prolongeait depuis quelques minutes et dont son attitude bizarre, embarrassée, contradictoire, était en grande partie la cause.

Déjà il ouvrait la bouche pour protester, pour s'expliquer. Le vieux soldat ne lui en laissa pas le temps :

— Donc, nous sommes d'accord, poursuivit-il...

— Permettez-moi de...

— Laisse-moi achever, mon gendre. Tu te ranges courageusement sous la bannière du Prophète ; tu laisses de côté, comme un bagage inutile, tes vieilles idées, tes vieilles coutumes, tes vieux livres ; tu embrasses avec dévouement les doctrines de l'Islam, tu combats avec nous tous les ennemis...

— Mais ces ennemis...

— Ne m'interromps pas... tous les ennemis, disais-je, du Commandeur des Croyants... C'est en défendant notre sainte cause que tu assureras ton avenir, que tu deviendras grand, illustre, puissant. Sache-le bien, mon fils, le Croissant fera le tour du monde ; et, dans un temps plus ou moins éloigné, plus ou moins prochain, si mes prévisions ne me trompent,

on le verra flotter successivement sur toutes
les capitales de votre Europe décrépite et
pourrie... Avant un siècle ou deux peut-être, il
sera planté à Constantinople, d'où il pour-
suivra victorieusement sa marche sur Vienne,
sur Rome, sur Paris... Quant à notre œuvre
immédiate, mon plan est déjà tracé dans ses
grandes lignes. Avec ton précieux concours, je
m'empare d'Édesse; je reprends Jérusalem, je
reviens pour renverser notre insignifiant Khalife, et je monte sur le trône de Bagdad... où
l'époux de ma fille sera mon successeur naturel... Eh bien, mon enfant, que dis-tu de mon
programme et de la gloire que tu es appelé à
partager ?

Gilbert écoutait d'une oreille distraite ou
plutôt n'entendait même pas, absorbé qu'il
était par le sentiment du danger imminent
qui le menaçait. Il n'y avait plus pour lui et
pour celle qu'il aimait qu'un seul moyen de
salut; c'était de louvoyer, de paraître accepter
ce marché qui lui était imposé le couteau sous
la gorge, de gagner du temps, et de fuir avec
Susie.

Par malheur, il n'y fallait pas songer. N'é-
tait-il pas prisonnier sur parole? Avait-il le

droit, même pour sauver sa vie, de faillir à
son serment?

Non. Mieux valait affronter bravement le
courroux et la vengeance d'Ali-Ben-Abbas.

— Que Votre Hautesse veuille bien m'excuser, dit-il d'une voix secouée par l'émotion.
Vous me voyez désespéré. Si vous m'aviez permis de placer un seul mot, vous vous seriez
épargné la peine de développer ce programme
magnifique, gigantesque, que j'admire, mais à
l'exécution duquel je ne saurais, en aucun cas,
prêter mon concours, ni mon épée...

— Comment!... Quand tout à l'heure...

— Tout à l'heure, vous avez mal compris ma
réponse à votre ultimatum, et ce n'est pas ma
faute si vous ne m'avez pas laissé le loisir de
mettre fin à une fâcheuse équivoque...

— Ainsi, misérable, tu m'avais trompé !

— C'est vous qui vous êtes mépris... Vous
me donniez le choix, ainsi que vos usages,
paraît-il, vous y autorisent, entre deux alternatives, dont la première, certes, eût été bien
douce à mon cœur — car, je vous l'avoue,
j'aime votre fille, et depuis longtemps, et de
toutes les forces de mon âme — s'il ne
me fallait pas acheter ce bonheur au prix

d'une infamie, du plus grand des crimes...

— Eh bien, alors ?...

— C'est la seconde alternative que j'ai choisie.

Cela était dit d'un ton calme, froid, presque dédaigneux, qui porta à son paroxysme la fureur du pacha :

— Chien de chrétien ! rugit-il. Il sera fait selon ton désir : tu mourras !

Il allait frapper sur un timbre pour appeler des gardes, et faire jeter en prison son ennemi, quand tout à coup il se ravisa.

Il se mit à marcher à grands pas à travers sa chambre. Sans doute, il cherchait dans sa tête un genre de supplice plus affreux que la corde, le sac ou le pal...

— Ainsi, c'est entendu, reprit-il ; tu es décidé à mourir ?

— Résigné, voulez-vous dire, oui.

— Eh bien, non, scélérat, tu ne mourras pas. Tu ne souffrirais ni assez, ni assez longtemps ; et je veux que le châtiment soit à la hauteur de l'injure, que ton agonie se prolonge pendant des mois, pendant des années, que ton existence devienne une série interminable de tortures...

Et agitant le poing sous le nez de sa victime :

— Car tu ne sais pas toute l'étendue de ton crime, qui est plus grand encore que tu ne le crois. Fourbe et menteur ! Tu disais hypocritement tout à l'heure — par dérision sans doute — que tu aimais Susié... Mais ce que tu ignores, et je vais te l'apprendre, c'est que la pauvre enfant t'aime vraiment, elle, et du plus profond de son âme. Bien qu'elle ne me l'ait jamais avoué, je l'ai deviné... C'est que ton indifférence lui brisera le cœur...

Cette fois, Becket sortit malgré lui de son impassibilité. Un sanglot s'échappa de sa poitrine ; tous ses membres furent agités d'un tremblement convulsif ; deux grosses larmes coulèrent sur ses joues... Ses lèvres balbutièrent d'une manière à peine perceptible ces mots :

— Susie !... Susie !... Pardonne-moi !

N'était il pas, en effet, bien coupable envers elle, plus coupable encore que ne le supposait le père ? C'était là son unique remords, et, avec la pensée de sa mère, sa plus cuisante douleur...

Ces velléités d'attendrissement avaient rendu une lueur d'espoir au pacha.

Peut-être le prisonnier allait-il parler, se raviser, implorer sa grâce... Il attendait.

— N'as-tu plus rien à me dire ? demanda-t-il.

Un signe de tête négatif fut la seule réponse du chevalier.

Aussitôt, sur un appel du gouverneur de la province d'Ascalon, plusieurs soldats apparurent.

— Emmenez cet homme à la citadelle, dans le cachot le plus sûr et sous bonne garde !

XII

UNE VOIX D'OUTRE-TOMBE

Il songea toute la nuit au supplice qu'il allait faire subir au coupable, ne trouvant pas dans son imagination de tourments assez raffinés, assez affreux et assez prolongés pour donner satisfaction à sa haine. C'était une éternité de souffrances qu'il eût voulu pouvoir infliger à l'homme qui l'avait offensé dans son orgueil et dans son affection paternelle.

Il résolut, sans lui ôter la vie, de le rayer du nombre des vivants.

Dans les dépendances du palais se trouvaient les ruines d'un ancien donjon, qu'on avait négligé de démolir complètement en construisant des fortifications nouvelles. Il n'en restait debout qu'un étage délabré, dans les crevasses duquel avait poussé avec le temps une luxuriante végétation, presque une forêt vierge en miniature, de plantes grimpantes, de lianes, de ronces gigantesques, d'arbustes, de vrais arbres même, dont l'inextricable réseau couvrait les murailles d'un rideau verdoyant sous lequel disparaissait une maçonnerie de huit pieds d'épaisseur...

Seul, et bien qu'on n'y pénétrât jamais, le rez-de-chaussée était à peu près intact, ainsi que sa lourde porte bardée de fer et son énorme serrure rouillée, dont la massive clef ne pesait pas moins de trois livres. A gauche, en entrant dans le vestibule, se trouvait une autre porte, conduisant aux caves où l'on descendait par un escalier d'une quarantaine de marches, et que l'on avait partagées en une série de cachots, destinés jadis aux prisonniers...

C'est dans un de ces culs de basse-fosse, à trente pieds au-dessous du sol, que Gilbert, le lendemain, fut jeté, après avoir été dépouillé

de ses vêtements européens, remplacés par la
sordide casaque d'esclave qu'il avait déjà portée,
après sa capture. On lui avait enlevé aussi son
argent et ses bijoux, afin qu'il ne pût cor-
rompre le geôlier spécialement préposé à sa
garde.

Et quel homme avait précisément choisi le
pacha pour ce rôle hideux ? Le surveillant,
ignoble et grossier, qui avait été naguère, on
s'en souvient, bâtonné, terrassé par le captif,
et dont les épaules et les reins avaient dû garder
à l'auteur de ces légitimes représailles une
vivace et sourde rancune. C'était Aboulfeda!

Avec un pareil gardien, et étant donné la
pénurie absolue de la victime, aucune bienveillance, aucun adoucissement, aucune velléité de
compassion n'était à redouter.

Pour couchette, un tas de paille, qui serait
changé le moins souvent possible ; pour tout
meuble un escabeau ; pour toute vaisselle, une
cruche dont l'eau ne serait renouvelée que
deux ou trois fois par semaine ; pour nourriture quotidienne, un morceau de pain noir, et,
de temps à autre, un brouet plus grossier et
moins ragoûtant que celui des Spartiates.

Pas de lumière, pas d'air. Tout au plus,

comme ventilation une longue et assez étroite ouverture pratiquée obliquement dans la muraille et aboutissant au dehors, sans que jamais le moindre rayon de soleil frappant ce chétif soupirail pût arriver jusqu'au prisonnier.

C'est dans cet horrible séjour, dans cette tombe prématurée qu'un garçon de vingt-cinq ans, plein de vigueur et de santé, était enseveli; c'est là qu'il devait passer le reste de son existence, jusqu'au moment peut-être où, fatigué de souffrir, à bout de forces et de courage, il chercherait dans le désespoir la fin de son martyre et se laisserait mourir de faim : seul moyen de suicide qui lui fût permis, puisqu'il n'avait à sa disposition ni une corde et un clou, ni un couteau, ni aucun engin de destruction, et que son escabeau même était enchaîné au mur.

Mais son bourreau ne désirait pas — bien au contraire — que ce dénouement se produisît trop vite. C'était à longs traits qu'il entendait savourer sa vengeance.

— Soigne-le bien, avait-il dit au féroce gardien, dont il craignait la violence habituelle, en lui donnant ses instructions. Je ne veux pas qu'il meure, entends-tu? Ta tête me répond de la sienne. C'est une mission de confiance que tu vas remplir. Toi seul dois connaître la retraite de cet homme... Et c'est dans le plus profond secret que tu vas aller le chercher à la citadelle, le conduire à sa nouvelle demeure qui sera la dernière...

Il ajouta d'un ton lugubre :

— Malheur à toi, si, dans tes visites furtives et quotidiennes à ton prisonnier, tu étais aperçu de quelqu'un? La moindre indiscrétion te coûterait cher...

Personne, en effet, ne put savoir ce qu'était devenu le favori d'Ali-Ben-Abbas; et cette disparition aussi subite que mystérieuse donna lieu, dans le personnel du palais d'Ascalon, aux hypothèses les plus contradictoires.

Quant à Susie, elle devina, rien qu'à la physionomie sombre de son père, à son embarras devant elle, à son mutisme, qu'il s'était passé quelque chose de grave.

Il ne l'embrassait pas ce matin-là avec son effusion habituelle.

— Qu'as-tu? demanda-t-elle anxieuse... Serais-tu malade?

— Non, mon enfant...

— Alors, tu es fâché contre moi?

— Pourquoî le serais-je ?

— A cause de... de... de...

Elle balbutiait, n'osait achever et baissait la tête.

— De cette rencontre d'avant-hier ?

— De ce fâcheux hasard, oui...

— Ce n'est pas de ta faute...

— Ni de la sienne ! fit-elle vivement. Et ce jeune étranger...

Il l'interrompit d'un geste impérieux. Ses yeux s'enflammèrent.

— Tais-toi... Ne me parle jamais de cet homme.

Elle recula effrayée.

— Par Allah !... mon père !... Tu me fais peur ?... reprit-elle tremblante.

Confus de sa rudesse, il se radoucit, l'attira vers lui, la caressa :

— Ne te trouble pas ainsi... Tu sais combien tu m'es chère. Plus un mot sur ce sujet... Maudit soit le jour où tu as pris sous ta protection, introduit dans mon palais cet ennemi du prophète... et de ton père !

Ses appréhensions redoublaient.

— Qu'as-tu fait de lui ? s'écria-t-elle en frémissant.

— Tu t'intéresses donc bien à ce mécréant?

— Comme à tous les malheureux... N'est-il pas prisonnier, éloigné de sa mère, de tous ceux qu'il aime?

Puis, saisie d'un sinistre pressentiment, et n'ignorant point les barbares usages du pays, elle murmura d'une voix éteinte :

— Cruel, tu l'as fait mourir?

— N'en avais-je pas le droit? Eh bien, non. Je me suis contenté de l'éloigner...

— Où est-il?

— Que t'importe? Oh! loin d'ici!... Mais il a la vie sauve...

— C'est bien vrai, au moins?

— Doutes-tu de ma parole?...

Et il ajouta en secouant la tête :

— La magnanimité ne saurait aller au-delà.

L'explication ne pouvait être, ni complète, ni franche, ni décisive entre le père et la fille. Celle-ci avait bien des raisons de ne point insister davantage. Elle n'avait pas de peine à reconstituer la scène qui s'était produite; elle savait que son amant ne pouvait lui faire le sacrifice de son honneur de soldat et de sa foi de chrétien; il le lui avait déclaré plus d'une fois dans leurs causeries clandestines.

Et quant à celui-là, ses réticences lui étaient
dictées par son amour paternel et par le souci
de ne point affliger la pauvre enfant, dont il aimait mieux paraître ignorer la passion secrète.

Susie se sentait rassurée.

Il vivait! C'était là l'important. En quelque
lieu qu'on l'eût séquestré, elle saurait le découvrir. Malgré les affirmations du pacha, une
voix intérieure lui criait que le bien-aimé n'avait
pas quitté Ascalon, qu'elle respirait encore la
même atmosphère que lui. Si soigneusement
dissimulé que fût le cachot où il gémissait,
elle finirait bien par le trouver. Ce n'était
qu'une question de temps et de patience.

Malheureusement, le temps s'écoulait; les
semaines succédaient aux semaines, les mois
aux mois, et sa patience était à bout. Ses joues
si roses et si fraîches s'étaient peu à peu flétries
sous l'action des larmes qu'elle versait sans
cesse en cachette; sa santé, naguère florissante,
dépérissait à vue d'œil, au vif désespoir de son
père, qui ne se faisait aucune illusion sur la
véritable cause et sur la nature de la maladie,
et dont la haine contre le coupable n'en devenait que plus féroce.

Avec le concours d'une de ses suivantes, qui,

en qualité de sœur de lait, lui était aveuglément dévouée, grâce à l'or qu'elle avait ré-
pandu, elle avait acquis la certitude qu'il n'é-
tait pas enfermé dans la citadelle, comme elle
avait dû le supposer d'abord, et qu'il y était
resté à peine vingt-quatre heures au moment
de sa disgrâce ; qu'on était venu le chercher un
soir dans le plus grand mystère.

Pour le conduire où ? Voilà ce que les plus
persistantes investigations n'avaient pu lui révéler. Elle commençait à admettre que son
père avait dit vrai et que le captif avait été
transporté dans l'une des autres forteresses dépendant de la province d'Ascalon. Dans laquelle ? Tel était maintenant le but unique et
précis de toutes ses recherches. Une fois ce
résultat obtenu et cette énigme déchiffrée, elle
ne reculerait devant aucun moyen, devant aucun stratagème pour pénétrer jusqu'au prisonnier...

Un jour qu'elle errait tristement à l'extrémité
du parc, du côté de cette petite porte qui lui
rappelait de si précieux souvenirs et ramenait sa
pensée vers les trop courts et trop rares instants
de bonheur qu'elle avait pu dérober à la surveillance paternelle :

— Hélas ! se disait-elle avec mélancolie, ces douces soirées ne reviendront pas ! Gilbert est bien perdu pour moi... Il ne me pressera plus dans ses bras ; ses lèvres ne se colleront plus à mes lèvres ; sa bouche ne murmurera plus à mon oreille des paroles d'amour !... Tout est bien fini, et l'heure approche peut-être où le chagrin m'aura tuée... où la mort aura mis un terme à toutes mes tortures !...

Soudain, elle s'arrêta.

Des sons étranges venaient de frapper son oreille.

Quelque chose comme un chant plaintif qui — et c'était le plus bizarre — semblait sortir des entrailles du sol, non loin d'elle... Elle écouta, sans pouvoir distinguer une parole.

Plus émue encore qu'intriguée, elle se dirigea lentement du côté d'où paraissaient venir ces notes lamentables. A la distance d'une trentaine de pas, se dressa devant elle la masse informe et pittoresque des ruines du vieux castel dont les pierres et les briques étaient ensevelies sous une exubérante verdure... Du sommet surgissaient à l'instant et prenaient leur essor des bandes de corbeaux que l'approche d'une créature humaine avait mis en défiance, et dont les croassements étouffaient sous leur lugubre accompagnement la douce et languissante musique qu'avait entendue la jeune fille...

— Le donjon! s'écria-t-elle en tressaillant... Je le croyais inhabité depuis des siècles!...

Ce fut un trait de lumière... Une lueur d'espoir illumina aussitôt son visage...

Le silence s'était fait. Les corbeaux, s'envolant à tire-d'aile, s'étaient perchés dans les grands arbres du parc. Leurs croassements avaient cessé.

Susie écouta de nouveau, sans que son ouïe, pourtant très fine et délicate, pût rien percevoir.

— Aurais-je été le jouet d'une hallucination? pensait-elle. Oh! cette voix!... cette voix!...

Elle écouta encore...

Au bout de quelques minutes, la voix, plus triste, plus rauque, plus faible, plus navrante que tout à l'heure, entonna ou plutôt soupira la seconde strophe de la ballade commencée. Elle sortait de dessous terre; on eût dit un murmure ou un écho d'outre-tombe.

Franchissant, non sans peine, un entassement, un enchevêtrement de décombres, de pierres de taille, de ronces et d'épines, au risque de se déchirer les jambes, les mains ou la figure ou d'être mordue par quelque reptile, Susie s'élança vers la muraille, à l'endroit d'où partaient les sons; elle aperçut enfin une ouverture. Ecartant le feuillage et les branches d'arbustes qui la dissimulaient, elle s'agenouilla, se pencha, approcha sa tête du soupirail... L'infortuné chanteur achevait la dernière phrase de sa romance du pays natal, dont, naturellement, elle ne pouvait comprendre les paroles...

Plus de doute : c'était bien lui! Hélas! elle ne reconnaissait guère dans cette voix chevrotante, brisée par cette épouvantable réclusion, le vibrant et mélodieux organe de son bienaimé !

Un cri d'allégresse faillit lui échapper. Son premier mouvement n'était-il pas de l'appeler, de lui faire connaître sa présence, de lui rendre l'espoir, le courage, et lui donner la promesse d'une prompte délivrance? Elle eut la force de se contenir. La moindre imprudence risquait de tout compromettre. Peut-être le geôlier chargé de veiller sur lui, de lui apporter sa chétive nourriture, était-il en ce moment dans l'antique donjon ou pouvait-il survenir...

Encore fallait-il opérer une reconnaissance

autour de la place avant de l'assiéger, en cons-
tater les points faibles. En présence du traitement infligé à Gilbert, et qui dénotait chez le
gouverneur une rancune irréductible, l'idée ne
lui vint même pas de faire appel à l'influence
qu'elle exerçait sur son père. Son intervention,
ses plus ardentes prières n'auraient d'autre
résultat que de précipiter la perte de celui
qu'elle voulait sauver. Et puis, sa tendresse
filiale faisait place insensiblement à un sentiment d'horreur.

Si la persuasion et la prière étaient certai-
nement inefficaces ; si la force était impuissante
contre les épaisses murailles et contre la porte
massive qu'elle venait de voir ; une ressource
unique lui restait : la ruse... et la corruption...
La plus extrême circonspection s'imposait.
Avant tout, il lui importait de découvrir à qui
était confiée la honteuse tâche de servir d'ins-
trument à cette œuvre infâme de vengeance...

Quel qu'il fût, l'homme assez vil pour accepter froidement un pareil rôle ne saurait être
inaccessible à l'appât de l'or. L'acheter était
chose facile : il suffisait d'y mettre le prix.

Elle se promit de revenir le lendemain, de
surveiller les abords de la vieille tour. La

liberté exceptionnelle dont elle jouissait le lui permettait sans provoquer le plus léger soupçon.

Elle fut édifiée à cet égard plus tôt qu'elle ne l'espérait.

A peine avait-elle, en revenant au palais, parcouru une cinquantaine de pas, qu'elle entendit craquer les feuilles sèches sous des pas humains. Se cachant dans un massif, elle attendit.

Bientôt elle aperçut un homme marchant à pas comptés par une petite allée transversale, regardant à droite, à gauche et derrière lui, et porteur d'un paquet.

Le suivant à distance, elle le vit se diriger vers la porte du donjon, introduire la clef dans la serrure, puis disparaître à l'intérieur. Comme il s'était retourné plusieurs fois, elle avait pu apercevoir son visage ; un frisson l'avait saisie, et un mouvement d'indignation contre son père, qui, par raffinement de cruauté, avait été choisir pour exécuteur de ses volontés précisément l'immonde surveillant, que le lecteur n'a point oublié, et qui, certes, devait être porté à aggraver plutôt qu'à atténuer les instructions reçues !

Elle s'avança résolûment jusqu'à la tour carrée. Aboulfeda, ne devant rester que quelques instants, avait jugé inutile de retirer la clef. Elle ouvrit, et traversant le vestibule, pénétra successivement dans les trois pièces dont se composait le rez-de-chaussée, et qui étaient sommairement garnies — on y avait probablement enfermé jadis des prisonniers de marque — de divans un peu délabrés, sur lesquels s'était accumulée une couche noirâtre de poussière, ainsi que divers meubles en mauvais état. Si, en entrant, on était pris à la gorge par d'âcres odeurs de moisi, il eût suffi d'ouvrir les fenêtres grillées, fermées depuis dix ans peut-être, pour rendre le lieu quelque peu habitable. Personne dans aucune de ces chambres.

Revenant sur ses pas, elle avisa, à gauche de l'entrée, une porte entre-bâillée qu'elle n'avait point remarquée d'abord, et donnant accès à l'escalier obscur descendant aux souterrains. Elle hésitait à s'y engager dans l'obscurité quand soudain la lumière d'une torche jaillit des profondeurs. Aboulfeda, ayant entendu des grincements de portes sur des gonds rouillés, remontait précipitamment, tout effaré, sans même avoir la pensée de refermer le cachot, où il avait eu à peine le temps de déposer les aliments de la journée, ainsi que la provision de boisson fraîche, puisée dans une vieille citerne servant de réservoir aux eaux de pluie.

Aboulfeda faillit tomber à la renverse, quand se dessina, menaçante devant lui, sur la première marche, la silhouette de la jeune fille.

— Vous ici, maîtresse ! balbutia-t-il atterré.

— Et qu'y fais-tu toi-même, misérable? fit-elle d'un ton dur... Un métier infâme...

— Pardon!... pardon ! reprit-il en se courbant jusqu'à terre. C'est l'ordre du pacha...

— Mon père n'a pu te commander de jeter dans ce trou infect... Tu te venges, n'est-ce pas?

— Non, maîtresse! Je le jure...

— Et moi, je t'ordonne d'arracher ce jeune captif de cette cave maudite et de l'installer dans l'une de ces chambres, où il aura un peu d'air et de lumière.

— Il y va de ma tête, maîtresse. Je suis perdu si...

— Mon père ne saura rien. D'ailleurs, n'est-il pas absent?

En effet, le gouverneur était en tournée d'inspection dans les places fortes de sa province et ne devait rentrer à Ascalon que dans une huitaine de jours.

Puis, se radoucissant, Susie continua :

— Rassure-toi, malheureux, et écoute-moi. Je ne te veux aucun mal ; au contraire. Combien te paie-t-on pour ce rôle de geôlier ?

— Oh ! mon salaire est doublé, voilà tout, répondit-il d'un air piteux.

— Que dirais-tu si je te donnais aujourd'hui même une bourse pleine de sequins d'or ? Si tu recevais en une journée plus que tu ne pourrais gagner dans ton existence entière ?

C'était bien tentant.

— Et que faut-il faire pour cela ?... « Ta tête me répond de la tête de celui dont je te confie la garde ! » m'a dit le maître.

— Que faut-il faire ? Oh ! peu de chose...

— Qu'exigez-vous de moi ?

— Que tu m'obéisses... Oh ! rassure-toi... Il ne s'agit pas de faciliter une évasion... Tu l'as déjà deviné : je l'aime, ce jeune chevalier franc... Ne serait-il pas perdu pour moi le jour où il serait libre ? Ce que je réclame de toi, en échange d'une fortune, c'est d'abord de l'installer plus confortablement dans l'une de ces chambres, de le bien traiter, et de me prêter

les clefs quand il me plaira de le visiter...
Acceptes-tu? Dans une heure tu seras riche. Si
tu refuses, j'en serai quitte pour obtenir de
mon père la grâce de Gilbert... Et, dans ce cas,
je deviens pour toi une implacable ennemie...

Aboulfeda n'hésita qu'une minute. Placé
entre le courroux éventuel du père et la haine
certaine et immédiate de la fille, le plus sage
était encore de les ménager l'un et l'autre et
d'empocher les sequins.

Après tout, Ali-Ben-Abbas n'était jamais
venu contrôler les agissements du gardien et
n'avait pas une seule fois mis les pieds au
donjon.

Après avoir, sur l'ordre de Susie, mis rapidement un peu d'ordre, de propreté dans la
plus grande et la moins inconfortable des
pièces du rez-de-chaussée, enlevé la couche de
poussière qui couvrait les vieux meubles,
épousseté les divans et les coussins, le geôlier,
rallumant sa torche, guida dans les méandres
du souterrain sa maîtresse, qui tenait à ramener elle-même son bien-aimé à la lumière du
jour.

Ce que fut l'entrevue des deux amants dans
le cachot infect, nauséabond, où il gisait

depuis des mois, où elle le retrouvait si amaigri, si émacié, si affaibli par les privations et par le désespoir, qu'il en était méconnaissable; quels torrents de larmes, larmes de joie d'une part, de tendre compassion de l'autre, ils échangèrent dans une longue et muette étreinte, on se l'imagine aisément...

Une heure plus tard, Aboulfeda recevait la récompense promise à sa complaisance. Mais on ne lui rendit pas les clefs; Susie entendait les garder jusqu'au retour du pacha.

— Ne t'inquiète pas de ton prisonnier, lui dit-elle. Pendant quelques jours, c'est moi qui serai sa geôlière !

Grâce à la situation qu'elle avait toujours eue dans le palais, à ses allures indépendantes que favorisait encore l'absence du gouverneur, personne ne remarqua qu'elle allait passer des heures entières dans les ruines de la tour, où, avec la complicité de Fatime, sa sœur de lait et sa confidente, elle portait au cher reclus les mets les plus délicats, arrosés des vins de Chypre et de France les plus fins.

Cinq jours se passèrent ainsi dans une commune ivresse, qui, pour Susie, aurait été sans mélange si chaque minute écoulée n'eût rap-

proché l'instant cruel où elle devrait, elle,
lui crier dans un suprême baiser : « Pars!
pars! »

XIII

LA DÉLIVRANCE

Si pénible que dût être la séparation, et pour
lui, et pour elle surtout, on ne pouvait la
retarder davantage; il n'y avait pas de temps à
perdre, le pacha étant sur le point de rentrer
dans la capitale de sa province.

Susie regrettait même et se reprochait comme
un acte d'égoïsme de l'avoir retenu imprudemment si longtemps.

Tous les préparatifs étaient faits et toutes les
dispositions bien prises. Le costume européen
de Decket et son épée, recherchés et retrouvés
par la jeune fille, avaient été portés secrètement à une lieue de la ville, et, sous la surveillance de Fatime, dans un petit village, où un
coursier tout harnaché, l'un des meilleurs chevaux des écuries paternelles, attendrait le
fugitif. Celui-ci, vêtu à l'orientale et coiffé d'un

turban emprunté, ainsi que le reste, à la propre garde-robe du gouverneur, sortirait tranquillement à la tombée de la nuit. Susie qui connaissait le mot de passe, et qui jouissait, ainsi que nous l'avons dit dès le début de ce récit, du privilège de se promener à sa guise en dehors de l'enceinte, avait résolu, par surcroît de précautions, sinon de l'accompagner ostensiblement, du moins de se trouver là comme par hasard, suivie d'une de ses femmes, afin d'intervenir au besoin auprès du chef de poste, avec toute l'autorité que lui donnait sa qualité, si par impossible il se produisait une difficulté quelconque...

On était bien triste, ce jour-là, au donjon... Ils venaient d'achever ce que nous appellerions chez nous le déjeuner de l'étrier : une heure à peine les séparait du moment fatal. Chacun d'eux refoulait ses larmes, de peur de provoquer les sanglots de l'autre. Ils restaient aussi silencieux qu'ils avaient été expansifs depuis quatre jours. Secoués d'une même angoisse, entrelacés, se serrant l'un contre l'autre avec la crainte de ne plus se revoir de longtemps, jamais peut-être, ils étaient sans parole et sans voix.

Susie, la première, rompit le silence :

— Ainsi, tu vas me quitter... Je ne pourrai plus t'embrasser ; tu seras loin, bien loin de moi... Je sens que je suis jalouse de ta mère qui, dans quelques mois, aura le bonheur de te presser dans ses bras...

— Rassure-toi... je reviendrai...

— Tu me l'as promis... Si pourtant tu venais à m'oublier ?

— T'oublier !

— Les femmes de ton pays sont bien belles, paraît-il.

— En est-il une seule, s'écria-t-il avec feu, qui puisse t'être comparée ?

— Écoute, Gilbert : jure-moi, sur la tête de ta vieille mère, que j'aime tant d'avance, moi qui n'ai pour ainsi dire pas connu la mienne, jure-moi de me rester scrupuleusement fidèle.

— Je le jure !

— C'est que, vois-tu, tu es bien beau, tu seras l'objet de bien des convoitises.

— Ne crains rien...

— Tes parents eux-mêmes voudront te marier.

— Je refuserai.

— Ton amour pour moi deviendra un crime à leurs yeux.

— Ce qui serait un crime, ce serait...

— D'aimer une autre femme, n'est-ce pas?

— Oui.

— Ou même de l'épouser sans l'aimer, par faiblesse, par lâcheté, sous la pression de tes proches.

— Ce serait un double crime : envers toi et envers celle que je tromperais ainsi.

— C'est juste. Et ce double crime, tu ne le commettras pas.

— Non, certes! Plutôt mourir!

— Jure-moi donc, Gilbert, qu'avant la troisième année écoulée, à dater de ce jour, tu reviendras me chercher et m'épouser.

— Avant trois ans, oui! Je le jure! Et beaucoup plus tôt si les circonstances le permettent. Avant trois ans, en dépit de tous les obstacles, tu seras ma femme : je le jure!

— Les obstacles! murmura-t-elle comme se parlant à elle-même. Est-il un seul obstacle dont l'amour ne puisse triompher!

Puis, à haute voix :

— Moi, je te le jure de nouveau, à mon tour, mon Gilbert : je suis prête, quand tu le vou-

dras, à renoncer, pour devenir ta femme, à la
foi de mes pères ; à embrasser tes croyances, ta
religion, à me faire chrétienne, puisque tu es
chrétien !

— Oh ! merci, Susie, merci !

— Peut-il y avoir, répliqua-t-elle avec
enthousiasme, un autre vrai Dieu que le Dieu
de mon Gilbert !

Elle arracha de son doigt une bague qu'elle
brisa en deux, et tendant au chevalier anglais
l'un des fragments : .

— Prends ceci en souvenir de moi. Garde
précieusement cette moitié d'anneau, dont la
vue t'empêchera d'oublier celle qui t'aime...

— Celle qui m'a deux fois sauvé la vie et
rendu la liberté !

. . . .

Deux heures plus tard, Becket était déjà bien
loin d'Ascalon et galopait furieusement sur la
route qui devait le conduire à Jérusalem, d'où
il comptait bien renvoyer au pacha, par l'entre-
mise d'un parlementaire, les vêtements et le
cheval, qu'il lui avait un peu irrégulièrement
empruntés.

Le plan imaginé par sa libératrice avait parfaitement réussi. Becket avait pu sans en-

combre franchir le pont-levis, arriver jusqu'au village où l'attendait sa monture. Il était sauvé.

Susie, rentrée au palais, le cœur serré, les yeux humides, eut le courage de dominer sa douleur; il lui fallait se tenir prête à affronter, le surlendemain, le courroux d'Ali-Ben-Abbas. Il y avait bien un moyen de détourner pendant quelque temps l'orage, en lui laissant ignorer l'évasion de sa victime. La chose n'avait rien d'impossible, eu égard aux conditions discrètes, mystérieuses dans lesquelles avait eu lieu la séquestration dont un seul homme était à la fois le confident et le docile complice. Encore la bonne volonté et la discrétion de cet homme étaient-elles indispensables.

Plus tard, on annoncerait un beau jour au maître que l'étranger était mort dans son cachot, et l'ex-geôlier recevrait l'ordre d'enfouir le cadavre dans quelque coin du souterrain, et tout serait dit.

Malheureusement Alboufeda, quand Susie, en lui restituant ses clefs, lui avait nettement appris qu'il n'avait plus personne à garder et à pourvoir de pain et d'eau, et que l'oiseau s'était envolé de sa cage, Alboufeda, terrifié, et se rappelant que sa propre tête devait être la

garantie de la stricte exécution des ordres
reçus, n'avait eu rien de plus pressé que de
s'enfuir à son tour, et d'aller vivre paisiblement et ignoré au fond d'un village de la
Mésopotamie où il était né. Maintenant qu'il
était possesseur d'une petite fortune, il avait
moins que jamais envie d'être enseveli dans un
sac et jeté à l'eau...

Le maître, à son retour, ne devait plus trouver ni prisonnier ni geôlier.

En présence de cette complication inattendue, et trop loyale, trop franche pour ne
pas accepter la responsabilité d'un acte dont
elle était heureuse et fière, Susie préféra aller
au-devant du soupçon et de l'accusation qui ne
pouvaient se porter que sur elle. Au lieu de se
défendre, elle prit l'offensive.

Dès que le pacha fut descendu de cheval et
remonté dans ses appartements, elle apparut
devant lui, non plus empressée, souriante, caressante comme d'ordinaire, mais froide, le
front plissé, le regard mélancolique.

Il lui tendait les bras. Au lieu de s'y précipiter, elle resta immobile...

— Eh bien, Susie, tu ne présentes pas à mes
baisers ta jolie tête? fit-il étonné.

— Non, mon père. Ne m'embrasse pas!

— Pourquoi?

— Parce que je ne mérite plus tes caresses.

— Que veux-tu dire?

— Que je suis bien coupable envers toi; que tu ne me pardonneras pas ce que j'ai fait...

— M'expliqueras-tu enfin?...

— Tu n'apprendras que trop tôt la vérité...

— Quelle mauvaise action as-tu commise?

— Ce n'est pas d'une mauvaise action qu'il s'agit... Au contraire... Mais tu la jugeras sans doute autrement.

Ce langage énigmatique lui donna-t-il une vague intuition de la réalité? Devina-t-il à quoi et à qui se rattachait la faute dont elle s'accusait? Il eut le pressentiment d'une indiscrétion commise en son absence par l'ancien esclave affranchi qu'il avait pris pour confident. Son enfant gâtée avait bien de l'assurance pour une coupable faisant spontanément l'aveu de son méfait.

Embarrassé et légèrement confus d'avoir été trahi, il affecta de prendre la chose en riant :

— Tu te dénonces toi-même de si bonne grâce, dit-il, que j'ai le devoir d'être indulgent. Tu as sur la conscience un grand crime, dis-

tu? Eh bien, indique toi-même la petite punition qui doit t'être infligée.

Enhardie par cette attitude trop miséricor-
dieuse, elle vit cesser aussitôt ses hésitations
et ses craintes; elle se résolut à frapper un
coup décisif, quelles qu'en pussent être pour
elle les conséquences; et le regardant bien en
face :

— Un châtiment? dit-elle; je n'en connais
qu'un qui soit une juste réparation de l'offense,
et qui puisse te donner une satisfaction complète.

— Lequel? Voyons! que dois-je faire de toi?
reprit-il sur un ton mi-sérieux, mi-plaisant.

Au fond, il était contraint, inquiet, humilié.
Sa fille se moquait de lui.

— Enferme-moi, pour le reste de ma vie, au
fond de quelque forteresse, dans un noir cachot, sans air et sans lumière, à quarante pieds
sous terre, avec un morceau de pain pour
toute nourriture, une cruche d'eau saumâtre
pour toute boisson, un tas de paille infecte
pour reposer mes membres fatigués...

Il frissonna. Le doute n'était plus possible.

Cette fois, l'allusion était claire, directe; le
reproche net et formel.

Un flot de sang lui afflua au visage.

Pour préciser plus encore, Susie continua :

— Tu peux m'ensevelir, par exemple...

Elle s'arrêta, effrayée par les yeux injectés de son père...

— Par exemple? répéta-t-il... Achève...

— Par exemple, dans les souterrains de quelque vieux donjon en ruines...

— Malheureuse! hurla-t-il dans un accès de rage folle, et en levant sur elle, dans un mouvement dont il n'était plus le maître, un poing formidable.

Le calme de l'enfant, qui ne laissa échapper de ses grands yeux le moindre signe de terreur, l'arrêta. Le bras retomba le long du corps...

— Insensé que je suis! dit-il, honteux de sa violence, dont le geôlier qui l'avait trahi devait seul éprouver les effets.

Il se jurait d'être impitoyable, ignorant que le traître s'était mis prudemment à l'abri de ses coups. Ce qu'il n'apprit que le lendemain.

— Et... lui?... Qu'en as-tu fait? reprit-il d'un accent saccadé et essayant de ressaisir son sang-froid.

— Gilbert?... Il est maintenant hors de toute atteinte et à l'abri de ta vengeance...

— Ingrate ! C'est toi que je vengeais, toi qui l'aimes...

— Si je ne l'aimais pas, l'aurais-je fait évader ? Lui aurais-je permis de revoir son pays, d'aller se jeter dans les bras de sa mère ?... A cette heure, il doit être arrivé dans l'un des ports de la côte de Syrie, peut-être embarqué déjà pour l'Angleterre... Il est sauvé...

Le vieillard ne comprenait rien à cette abnégation sublime.

— Mais il t'a dédaignée, misérable enfant ; il a repoussé avec indignation ta main que je lui offrais.

— Non. Ce qu'il a repoussé, c'est le marché infâme que tu lui proposais... Il n'a pas voulu être un traître... Je ne l'en estime et ne l'en aime que davantage...

— Lui, il te méprise...

La jeune fille eut un sourire étrange, un léger haussement d'épaules. Et jugeant le moment venu de déchirer tous les voiles, de dissiper toute équivoque :

— Apprends donc enfin, mon père, ce que je t'ai caché jusqu'à ce jour. Gilbert, que tu as si odieusement traité, Gilbert m'adore autant, sinon plus, que je ne l'adore moi-même ; et notre mutuelle passion n'est pas d'hier; elle remonte aux premiers temps de son séjour à Ascalon. Nous nous sommes aimés la première fois que le destin nous a mis en présence l'un de l'autre...

— Ainsi vous m'avez toujours trompé tous les deux ?

— Est-ce ma faute si Allah a allumé dans mon cœur cette flamme qui ne s'éteindra jamais, cet amour qui sera éternel ?

— Amour sans but et sans espoir... C'est de la folie.

— Qui sait ? murmura-t-elle.

L'entretien s'arrêta là : Ali-Ben-Abbas, accablé, se laissa tomber sur ses coussins.

A l'instant où la fiancée de son ennemi, ou plutôt de sa victime, refermait la porte, il s'écria découragé :

— Allons ! Je n'ai plus de fille !

XIV

PRODIGIEUSE ODYSSÉE D'UNE JEUNE FILLE

Le chef sarrasin, en jetant cette exclamation de détresse, se trompait moins encore qu'il ne le croyait. Un fossé venait de se creuser, qui ne pouvait que devenir de jour en jour plus profond et plus large.

Ce soudard ambitieux et dur, inflexible jusqu'à la férocité, n'avait qu'une faiblesse, n'aimait en ce monde qu'un seul être, n'était accessible qu'à une seule émotion, ne possédait, dans son cœur d'acier, fermé à tout sentiment humain, qu'une corde sensible. Et cette corde venait de se briser. Ou du moins il n'y avait plus personne pour lui imprimer les vibrations accoutumées; elle s'était détendue et demeurait inerte.

Dès ce moment, les relations entre le père et son enfant devinrent plus froides, en dépit des efforts qu'il tentait pour ramener à lui cette âme qui se détachait, qui restait plongée durant des semaines, des mois, dans ses rêveries maladives, et dont la pensée se tournait constamment, volant à travers les monts et les mers, vers ce pays lointain, vers cette patrie de son bien-aimé qui était déjà virtuellement la sienne.

Toute la journée, elle conversait mentalement avec lui; toute la nuit, elle le revoyait dans ses songes.

12

Sa perpétuelle mélancolie n'avait rien d'amer, sûre que son Gilbert lui reviendrait, qu'il tiendrait ses serments, qu'il devancerait l'époque fixée... Sa fidélité envers elle n'égalait-elle pas celle qu'il avait si héroïquement prouvée envers ses compagnons d'armes? Serait-il parjure à sa fiancée quand, au péril de sa vie, il avait si noblement refusé de trahir sa foi et son serment? Ne lui était-il pas doublement et éternellement enchaîné par la reconnaissance et par l'amour? Elle l'attendait.

Elle l'attendait, sereine et confiante. Sa seule joie était de parler de l'absent avec sa confidente, qui, touchée de cette admirable constance, et sans partager d'ailleurs ses illusions, l'encourageait, la soutenait, la consolait.

Cependant une année entière s'était écoulée sans rien changer à la situation. Les bandes irrgulières continuaient à harceler le pauvre petit royaume de Jérusalem. La pacification définitive, sur laquelle on avait tablé et qui permettrait au chevalier anglais de revenir, de l'enlever, s'il ne l'obtenait pas de bon gré, cette pacification paraissait se perdre dans les brumes d'un vague avenir !

La victoire des chrétiens, vingt ans aupara-

vant, avait été si précaire, et les Sarrasins se
montraient si menaçants, que l'on pouvait dès
lors prévoir avec certitude l'éventualité d'un
nouveau retour offensif de toute l'Europe, de
cette deuxième Croisade que devait bientôt
prêcher saint Bernard.

L'inquiétude commençait à se glisser dans
l'esprit de Susie, et la jalousie dans son cœur.

S'il allait l'oublier ?

S'il s'éprenait d'une autre femme, ou si, tout
en lui gardant sa tendresse, il se laissait con-
vaincre par les obsessions, les reproches ou les
prières de ses proches ? Si sa mère elle-même,
cette pauvre chère mère aux baisers de laquelle
elle l'avait rendu, et qui, sans elle, sans son
infatigable dévouement, n'eût jamais pu le
revoir et le presser dans ses bras, si cette mère
ingrate ou abusée par les préjugés de sa race
et de sa religion était désormais son ennemie?

De l'instant où cette redoutable hypothèse
s'était infiltrée dans son cerveau, c'en fut fait
de sa tranquillité et de son repos. Un chagrin
secret s'empara d'elle et la mina lentement.

Ses joues, si fraîches et si roses, perdaient
leurs couleurs ; le sommeil fuyait ses pau-
pières ; un mal inconnu la dévorait.

C'était en vain que Fatime, sa sœur de lait et
sa confidente, s'efforçait de la rassurer, de lui
rendre la sérénité et l'espoir, de lui rappeler
que le délai accordé par elle-même avait encore
vingt mois à courir, qu'il serait temps de se
désoler quand serait expiré le dernier mois de
la troisième année.

— Trois ans ! s'écria-t-elle... Attendre trois
ans ! D'ici là, il sera marié peut-être, et je n'au-
rai plus qu'à mourir !

— Ne parle pas ainsi, je t'en conjure ! répondit la sœur de lait... Il faut bien patienter, puisqu'il n'y a pas de remède au mal qui te ronge.

Susie regarda fixement sa compagne, une
lueur bizarre brilla dans ses yeux. Et d'un
accent grave, mystérieux, elle murmura :

— Pas de remède !... Qui sait ?

Elle avait une idée, en effet ; une idée
étrange, insensée, irréalisable, qui, depuis
quelque temps, hantait son imagination, la
poursuivait sans cesse et qu'elle ne parvenait
pas à chasser ; un projet tellement et si prodigieusement audacieux, inexécutable, que le
seul fait de l'avoir pu concevoir semblait
révéler chez la fille du pacha un trouble complet de la raison.

— Puisqu'il ne vient pas à moi, j'irai à lui !
se disait-elle.

Cette idée, un peu nuageuse au début, avait
peu à peu pris un corps, une forme précise...

Oui, elle ne projetait rien moins que de
franchir les mille lieues au bas mot qui la
séparaient de celui qu'elle aimait ; de le chercher partout, et, Allah et Mahomet aidant, de
finir par le rejoindre, et de se précipiter dans
ses bras. La pauvre enfant ne connaissait des
langues de l'Europe que deux mots pouvant
être compris des Occidentaux, un nom de
ville et un nom d'homme :

London ; Gilbert.

A l'aide du premier, elle espérait parvenir —
comment ? par quelles voies, par quelles routes ?
elle l'ignorait — jusqu'à cette *London* où rési-
dait la famille de son fiancé, et qui, soit dit
entre parenthèses, n'était point encore la capitale de l'Angleterre (1).

Ce n'était pas là la partie la plus ardue. Dût-
elle aller de l'est à l'ouest, du sud au nord,
changer dix fois de navire, faire le tour du

(1) Ce n'est qu'en 1154 que Winchester dut céder le titre
officiel de capitale de l'Angleterre à Londres, qui en était
déjà la cité la plus considérable.

monde, s'il le fallait, le hasard, un jour ou
l'autre, lui en fournirait bien un à destination
de l'Angleterre. Sans soupçonner qu'un certain
Odusseus — dont la pauvrette n'avait jamais
entendu parler, non plus que de son chantre
immortel, Homère — avait bien mis dix
longues années à retrouver l'île d'Ithaque, dont
il était roi, elle ne le cédait en rien à celui-ci
en patience et en persévérance.

Grâce au second nom, une fois parvenue à
Londres, à travers mille dangers, mille écueils,
qu'elle ne prévoyait même pas, elle avait, par je
ne sais quelle audacieuse autant que merveilleuse intuition, la certitude de découvrir son
Gilbert.

N'avait-elle pas pour la guider dans ce péril-
leux voyage la plus brillante et la plus infail-
lible des étoiles : l'amour !

Et que le lecteur me permette, en passant, de
le lui rappeler : tout ceci, et les événements
qui vont suivre, ce n'est ni de la fiction, ni de
la fantaisie de conteur, et n'a rien de commun
avec les récits des *Mille et une Nuits*, que la
traduction de Galland a, depuis près de deux
siècles, popularisés en France.

C'est de l'histoire ! De l'histoire attestée par

tous les chroniqueurs et les auteurs anglo-
saxons contemporains de ces faits invraisem-
blables, et contresignée par la plume magis-
trale du créateur de la Philosophie et de la Critique historiques au dix-neuvième siècle, du
grand Augustin Thierry, qui m'a fourni, il y a
déjà bien longtemps, la première pensée de
cet ouvrage.

Si la fille du pacha avait pu et dû éprouver
bien des hésitations avant de se lancer aveuglément dans une aussi périlleuse et aussi sca-
breuse aventure, un incident se produisit, qui
allait, soudain, fixer ses irrésolutions, mettre
fin à ses luttes intérieures.

Ali-Ben-Abbas, animé des plus paternelles,
des meilleures intentions — hélas! le Paradis
des Musulmans en est aussi bien pavé que peut
l'être l'Enfer des Chrétiens! — Ali-Ben-Abbas,
s'imaginant que le mariage, un mariage quelconque, suffirait pour guérir sa fille de la maladie noire dont elle souffrait, ne trouvait rien
de mieux que de la donner pour femme à l'un
de ses jeunes et plus brillants lieutenants, le
jeune Mohamed-Bel-Kassem, qui lui parut
assez beau pour chasser bien loin l'image chérie
du chevalier anglais.

Lui qui n'avait jamais osé contrecarrer les moindres désirs, les moindres caprices de son enfant de prédilection, ni résister à ses prières, il voulut, cette fois, imposer nettement sa volonté.

C'en était trop; cette dernière goutte fit déborder le vase d'amertume. La détermination de la jeune fille fut aussitôt prise. Elle fuirait.

Son dessein ne fut confié à personne, pas même à sa servante dévouée. Elle avoua seulement à Fatime qu'elle voulait faire un voyage à La Mecque, se recueillir et prendre des inspirations au tombeau du Prophète.

Justement l'anniversaire de l'Hégire approchait. De tous les points du monde musulman, des troupes nombreuses de croyants se mettaient en marche vers la Cité Sainte. Aucune occasion plus favorable ne se pouvait présenter.

— Ce sera mon *hejireth*, à moi (*fuite*), se dit-elle. Le Prophète ne peut manquer de la protéger en souvenir de la sienne.

Comme chaque année, une caravane de pèlerins, venant de la Perse et se grossissant, en traversant la Mésopotamie, des fidèles de Bagdad, de Bassorah, de Balbeck, de Damas, allait passer non loin d'Ascalon.

Avec la complicité de Fatime, elle put faire tous ses préparatifs, et comme ce n'était pas sans ressources et comme une mendiante qu'elle pouvait espérer accomplir un aussi long voyage, elle puisa secrètement dans le coffre-fort paternel autant d'or, de diamants, de pierres précieuses, de bijoux que ses poches purent en contenir, recouvrit son riche costume d'un manteau de couleur sombre et d'étoffe grossière, afin de dissimuler sa situation réelle; puis quitta furtivement la ville à la chute du jour, pour rejoindre la caravane, non sans avoir fait jurer à sa sœur de lait de ne pas la trahir.

Et comme celle-ci lui objectait les angoisses que cette disparition allait causer au pacha :

— Pauvre père! Ses inquiétudes cesseront quand je reviendrai de La Mecque !

C'était bien de La Mecque qu'il s'agissait pour elle!

Sa ville sainte, à elle, c'était la ville où vivait Gilbert !

Après deux ou trois jours de marche elle abandonnait tout à coup la caravane, sous prétexte de maladie, et se dirigeait seule à pied, se renseignant sur son chemin dans les

localités qu'elle traversait, vers le port de
Saint-Jean-d'Acre...

Arrivée là, dans sa hâte à laisser loin d'elle
le sol asiatique, elle s'embarqua sur le premier
navire en partance, qui allait à Alexandrie.
Était-ce dans la direction de London, elle ne
savait pas, ses connaissances en géographie ne
dépassant guère les limites de la province gou-
vernée par son père. Ni le patron du navire,
qui ne faisait que du cabotage, ni les voyageurs,
pèlerins de Syrie se rendant à La Mecque par
l'isthme de Suez, ou marchands dont le trafic
se bornait aux rivages de la Méditerranée,
n'étaient en état de la renseigner. On lui parlait
d'*England* comme d'une région fort lointaine
qu'on ne pouvait atteindre qu'après de longs
mois de navigation. Que lui importait?...

Ce n'était pas à la légère qu'elle avait dit à sa
contrée natale un adieu éternel, qu'elle s'était
jetée à corps perdu dans l'inconnu.

A Alexandrie, où elle resta quelques jours,
elle monta sur un bâtiment allant à Thessalonique — la Salonique d'aujourd'hui. Là, presque en vue du port, se déchaîna une effroyable
tempête, sous la violence de laquelle faillit
sombrer le vaisseau, complètement désemparé,

et qu'un brick dut prendre à sa remorque jusqu'à destination.

La cruelle émotion ressentie par la voyageuse en face d'un naufrage imminent l'obligea à s'arrêter plusieurs semaines, avec une fièvre brûlante, dans une hôtellerie de Thessalonique. Ce qui la terrifiait, ce n'était pas la mort vue de si près pourtant; c'était le désespoir de mourir sans avoir revu son amant.

De là un caboteur la transporte à Constantinople, où elle monte à bord d'un navire allant à Venise, se rapprochant ainsi sensiblement, lui apprend-on, du pays qui est l'objectif de son voyage. Ici, tout son or monnayé étant épuisé, et forcée de se procurer de nouvelles ressources, elle vend, à vil prix, à un juif vénitien — l'un des ancêtres de Shylock probablement — quelques-uns de ses diamants.

Quatre ou cinq mois déjà avaient passé et c'était à peine si elle avait accompli la moitié du chemin.

Nouveaux dangers, nouvelles aventures dans le trajet de la cité des Lagunes jusqu'à la Grande-Bretagne et qui l'obligent à parcourir dans tous les sens la Méditerranée. « Elle naviguait à l'est, elle naviguait à l'ouest », dit la

plus curieuse des innombrables ballades ins-
pirées par cette épopée.

She sailed east, she sailed west.

Ici c'était un calme plat, immobilisant pendant deux ou trois semaines le bâtiment qui la
portait ; plus loin, nouvelle menace de naufrage. Ailleurs, quand on était près de franchir les Colonnes d'Hercule, le dangereux détroit de Calpé (le Gibraltar d'aujourd'hui), un
péril plus terrible encore se dressa devant la
fugitive.

Ce n'était plus aux éléments déchaînés qu'on
avait affaire, mais aux hommes ; ce n'était plus
seulement la mort qu'elle pouvait craindre,
mais quelque chose de plus affreux. Le navire
anglais, sur lequel elle s'était embarquée, fut
vigoureusement pourchassé, gagné de vitesse,
attaqué et capturé, presque sans combat, par
les pirates des côtes barbaresques...

Les bandits, après avoir massacré une partie
de l'équipage, mis aux fers le reste, firent prisonniers les passagers, qu'ils comptaient aller
vendre bientôt sur les marchés d'esclaves du
Maroc. Mais si la cargaison constituait un magnifique butin, ce n'étaient pas ces ballots de
marchandises qui excitaient leurs plus ar-

dentes convoitises. La plus riche proie, la plus inespérée, n'était-ce pas cette belle jeune femme que ni son costume, ni sa race, ni sa langue, ni sa nationalité, ni ses larmes, ni ses prières ne suffisaient à protéger contre leurs passions grossières.

Vainement Susie se précipitait à leurs genoux, invoquant Allah et le Prophète, n'hésitant plus à révéler, pour la première fois depuis sa fuite, son nom, sa qualité, en les menaçant de la colère de son père et du khalife de Bagdad.

Les sourires hideux et significatifs du chef des pirates et les douces paroles par lesquelles il cherchait à la rassurer, les yeux enflammés de concupiscence qu'il dardait sur elle, les ricânements de ses compagnons, ne lui présageaient que trop le sort qui lui était réservé...

— Je suis perdue ! pensa-t-elle.

Hors d'elle, affolée, ne voyant plus contre l'ignominie dont elle était menacée qu'un unique moyen de salut, elle s'approcha vivement des bastingages...

Déjà, envoyant au fiancé, à travers les airs, un suprême adieu, elle allait enjamber le parapet et s'élancer dans l'abîme...

— Alerte!... Une voile à bâbord! cria aussitôt une voix tonnante.

En effet, une corvette espagnole, que, tout-
entiers à la joie de la victoire et au souci d'é-
valuer sommairement l'importance des dé-
pouilles conquises, les corsaires n'avaient pas
aperçue, accourait sur eux à toute vitesse et
n'était plus qu'à quelques centaines d'encâ-
blures...

Un grand émoi, une sorte de panique se produisit à bord du navire capturé, où les for-
bans s'étaient tous réunis, laissant deux ou
trois des leurs seulement sur leur schooner,
auquel on avait amarré la prise.

Le commandant de la corvette, qui, de loin,
avec sa longue-vue, avait assisté au simulacre
de combat, à l'abordage et à la prise de posses-
sion du bâtiment de commerce anglais par les
écumeurs de mer, avait mis toutes voiles dehors pour porter secours aux vaincus et châtier
les pirates.

Peut-être le schooner, fin et excellent voilier,
seul, grâce à sa légèreté, eût-il pu échapper à
la poursuite. Gêné dans ses mouvements et dans
son action par le navire anglais, dont l'équipage était ou massacré ou jeté à fond de cale,

il perdit un temps précieux... Le chef et ses compagnons perdaient la tête... Tout espoir d'échapper à la corvette disparut... Celle-ci arriva comme une flèche...

Quelques minutes avaient suffi pour changer la face des choses... Les scélérats n'avaient plus d'autre ressource que de vendre chèrement leur vie... Une lutte acharnée s'engagea, dont le succès ne pouvait être douteux...

Le capitaine du corsaire fut tué, ainsi que quelques-uns de ses hommes; les autres se rendirent à discrétion. Susie était sauvée, les matelots anglais délivrés de leurs chaînes.

. . . .

A part une sérieuse bourrasque qui devait survenir dans le golfe de Gascogne, — si redoutable aux marins, — ce fut la dernière épreuve de la fugitive.

Après une escale forcée à Algésiras, où la corvette libératrice l'avait remorqué, le bâtiment anglais, ses avaries réparées, avait pu traverser sans encombre le détroit, s'engager dans l'Atlantique, remonter vers le nord, échapper, non sans peine, aux dangers du golfe de Biscaye, doubler heureusement le cap Finistère, opérer une heureuse traversée de la

Manche jusqu'à son port d'attache : Douvres.

Susie, enfin, débarqua, put fouler du pied le sol de cette *England*, que depuis huit mois elle cherchait sans se laisser décourager par les plus terrifiants obstacles : les tempêtes, les naufrages, la maladie, les pirates avec la perspective de l'esclavage et des plus affreuses ignominies; de cette England, où se trouvait une ville, appelée *London*, qui était désormais le but de son existence.

La fille du pacha avait accompli la première partie de sa tâche — ou à peu près, car il lui suffisait de quatre ou cinq jours de marche, au cas où elle ne rencontrerait pas un voiturier complaisant acceptant, moyennant un peu d'or, de la conduire à destination.

Cette première partie de sa téméraire entreprise était-elle la plus ardue? La moins aléatoire?

Je ne sais.

Oui : matériellement et en apparence. Et les douze légendaires travaux d'Hercule semblent des jeux d'enfant en comparaison de cette incroyable aventure.

Certes, même de nos jours, où la vapeur, l'électricité, la presse, et toutes les découvertes de la civilisation ont rayé du dictionnaire de tous les peuples le mot : « distance » ; où deux hommes peuvent converser à quatre mille kilomètres l'un de l'autre ; de nos jours où il y aura peut-être demain un fil téléphonique entre le plus extrême Orient et l'Angleterre ou la France, une jeune fille de dix-huit ans qui seule, sans le concours de personne, partirait du fond de l'Asie pour aller retrouver à Londres, à Paris, à New-York, son amant, dont elle ignorerait l'adresse exacte, exciterait une stupéfaction et un émerveillement universels.

Et songez que nous sommes au douzième siècle.

Eh bien, non. En réalité, Susie n'avait effectué que la moitié la moins ingrate de sa tâche. Il lui était moins difficile d'arriver jusqu'à la grande ville connue du monde entier, que de découvrir dans le voisinage de cette vaste cité la résidence familiale d'un jeune homme dont elle connaissait seulement le prénom, et dont elle ignorait absolument le nom patronymique.

XV

LA FOLLE DE LA CITÉ DE LONDRES

Londres ne ressemblait guère alors, cela va sans dire, à la gigantesque métropole britannique que nous connaissons, avec sa formidable population — qui atteindra au prochain recensement le chiffre de cinq millions d'âmes et qui dépasse, à l'heure actuelle, celle de la Hollande, égale celle de la Belgique — avec ses larges et longues rues, garnies de magasins splendides, avec ses squares ombreux et ses parcs immenses, avec ses majestueux monuments, ses palais; avec les innombrables railways qui la sillonnent, s'y enchevêtrent, et les multiples méandres de son métropolitain, dont l'incessant roulement des locomotives ébranle ses sous-sols et produit l'effet d'un perpétuel grondement de la foudre ou plutôt d'un tremblement de terre; avec ses milliers de hautes cheminées d'usines qui, au sud du fleuve, de Greenwich à Battersea, lancent dans les airs des flots d'âcre et noirâtre fumée, formant au-dessus de la ville comme un lourd et épais manteau de brouillards; avec les milliers de mâts de navires qui encombrent ses docks à l'Orient et les milliers d'embarcations de toutes espèces et de toutes grandeurs qui se pressent et se croisent sur la Tamise...

Limitée à l'ouest par la porte monumentale de Temple-Bar, qui est encore debout à l'extrémité de Fleet-Street, ne dépassant pas au nord le square actuel de Finsbury, près duquel on peut voir quelques débris de murailles, derniers vestiges de l'ancienne enceinte; bornée, à l'est. par la Tour de Londres, bâtie par Guillaume; ne s'étendant, au midi, de l'autre côté de la rivière, que jusqu'au petit bourg de Southwark — si populeux aujourd'hui — auquel la reliait depuis une vingtaine d'années seulement un pont construit par le fils et successeur du conquérant, Londres ne comptait que 300.000 habitants à peine, entassés dans des rues étroites, des ruelles tortueuses, et dans un inextricable réseau de cours humides et sombres, où n'avait jamais pénétré le moindre rayon de soleil... A peine deux ou trois voies un peu moins resserrées et quelques petites places.

A l'entrée de l'unique rue — ou à peu près — du faubourg de Southwark existait une modeste hôtellerie, l'auberge de la Demi-Lune (Half-Moon-Inn), fréquentée par les commerçants des comtés de Surrey et de Sussex, et qui, de nos jours, a conservé la même enseigne.

C'est là que l'infatigable voyageuse était descendue et s'était installée sur la recommandation d'un marchand ambulant qui lui avait obligeamment offert une place dans sa carriole : là qu'elle établit son quartier général pour commencer ses recherches.

OEuvre impossible à première vue, puisqu'elle ne savait pas un mot de la langue anglaise, et ne pouvait se faire comprendre que par signes, par gestes et en prononçant le nom de son amant.

La Cité fut alors témoin du plus bizarre, du plus inattendu des spectacles : celui d'une jeune femme d'une singulière beauté, étrangement et richement vêtue d'un costume oriental passablement défraîchi, parcourant les rues, s'arrêtant dans les carrefours, étendant les bras avec chagrin, levant les yeux vers les fenêtres, semblant interroger du regard tous les passants.

De temps à autre, elle criait d'une voix lamentable :

— Gilbert !... Gilbert !... Gilbert !

Puis elle poursuivait son chemin, pour faire entendre plus loin le même plaintif appel.

Hélas ! Ses accents ne rencontraient partout d'autre écho, d'autre réponse que les rires, les grossières railleries de la foule amassée autour d'elle, les espiègleries méchantes des enfants qui lui jetaient des pierres ou la tiraient par sa robe, et la suivaient, lui faisaient un ironique et obstiné cortège, en chantant et en hurlant, eux aussi, d'un ton plus strident, le même nom qui s'échappait des lèvres de la folle de la *poor madwoman*.

A coup sûr, la malheureuse créature avait perdu la raison, personne n'en pouvait douter.

Cependant la douceur de sa physionomie, le charme de ses yeux, la tristesse empreinte sur ses traits, inspiraient à quelques bonnes âmes une pitié sympathique, qui ne suffit pas toutefois à la protéger d'une manière efficace contre la curiosité malveillante et stupide du plus grand nombre, et contre les injures et les taquineries des gamins, qui, dans tous les pays et dans tous les temps, se font un malin plaisir de tourmenter les faibles.

Après avoir erré ainsi dans plusieurs quartiers, au milieu de ces huées, de ces mauvais traitements contre lesquels elle ne se défendait même pas, elle rentra mélancoliquement à l'auberge de la Demi-Lune, un peu attristée, non découragée.

Gilbert? Qui était ce Gilbert dont elle parlait?

— Un *sweet heart* (amoureux) probablement qui l'avait abandonnée, suggérait une commère.

— Ou bien qui est mort? ajoutait une autre. Le désespoir lui aura troublé le cerveau!

— Dans tous les cas, la pauvre petite est bien inoffensive...

Le lendemain, ces pénibles scènes recommencèrent dans un autre quartier au grand ébahissement du public, à la grande joie des *boys* et des *lads*...

— Gilbert! Gilbert!

Les jours suivants, il en fut de même... La

mystérieuse étrangère devint la fable de la Cité, le principal sujet de conversation. On ne s'abordait plus, dans les rues ou dans les tavernes, ou sur les marchés, sans s'interpeller mutuellement du nom si cher à la pauvre folle.

— Eh ! Gilbert !

Peu à peu on s'habitua tellement aux promenades excentriques de l'aliénée présumée qu'on cessa de s'en préoccuper. On se contentait de rire en la voyant vaguer « comme une bête errante », selon l'expression d'un vieux chroniqueur (1).

La foule s'était lassée plus vite que Susie elle-même ne s'était fatiguée de ses inutiles et vaines pérégrinations. Qu'espérait-elle donc ?

Elle comptait sur le hasard. Becket, dont les parents habitaient un château situé dans le voisinage immédiat de Londres, ne pouvait-il, un jour ou l'autre, en venant à la ville, se trouver en face d'elle ? ou bien le bruit de ce petit scandale quotidien ne pouvait-il parvenir jusqu'à son oreille ?

— N'aurais-je échappé à deux naufrages, se

(1) *Quasi bestia erratica, derisa ab omnibus.* (Chroniques de John Brompton).

disait-elle; ne serais-je sortie saine et sauve
des plus violentes tempêtes, que pour venir
échouer misérablement au port? Non. C'est
impossible. Allah ne le permettrait pas.

Cela durait depuis deux mois.

Déjà Susie avait appris de la domestique qui
la servait quelques mots d'anglais. Très silen-
cieuse au début, dans les premiers temps de
son arrivée, elle s'était mise ensuite à questionner beaucoup les gens de l'auberge, à
demander les noms de tous les objets qu'elle
voyait... Elle commençait à bégayer des bribes
de phrases usuelles. Elle finirait insensiblement par parler d'une façon assez intelligible
la langue du pays pour donner à ses recherches une direction et une précision efficaces.

La chose demanderait du temps. Elle était
douée d'une patience et d'une énergie suffisamment éprouvées. Elle attendrait.

Un jour qu'elle arpentait lentement, et pour
la vingtième fois peut-être, l'une des rues les
plus importantes, les plus commerçantes, les
plus fréquentées de la Cité, et qu'elle jetait au
vent son cri habituel :

— Gilbert! Gilbert !

Elle vit sortir tout à coup de la foule qui

l'entourait comme de coutume, un gentleman
d'une cinquantaine d'années, que la vue de ses
vêtements exotiques avait édifié immédiate-
ment sur la race et la nationalité de la vaga-
bonde, dont l'apparence n'était point celle
d'une mendiante. Était-ce une *madwoman*,
comme il l'entendait dire autour de lui ?

S'approchant d'elle et se rappelant qu'ayant
pris part à la croisade, et que, fait prisonnier,
rendu à la liberté par la prise de Jérusalem, il
avait quelque peu profité de sa captivité pour
apprendre la langue de l'ennemi, il lui adressa
la parole en syriaque et l'interrogea avec bonté.

Heureuse autant que surprise d'entendre
pour la première fois depuis si longtemps, et
avec quelque incorrection qu'elle fût parlée,
la langue de son pays, la fille du pacha lui
répondit aussitôt avec une netteté qui écartait
d'emblée toute idée de démence.

— Mais que signifie, je vous prie, ce cri que
vous jetez à tous les échos avec persistance et
depuis deux mois, vient-on de me dire à l'instant?... Quel est ce Gilbert ?

Elle ouvrait la bouche pour répondre... Mais
un groupe compact et gênant se pressait autour
des deux interlocuteurs ; on écoutait, sans rien

comprendre, du reste, aux paroles échangées. Elle se ravisa :

— Nous sommes mal ici pour causer, dit-elle. Puisque vous êtes si bon, veuillez me délivrer de cette foule odieuse, qui me poursuit sans cesse de son insolente curiosité et qui, parfois, me maltraite... Accompagnez-moi jusqu'au Half-Moon-Inn où je suis logée. Je vous dirai tout...

Quelques instants plus tard, elle avait brièvement raconté au bienveillant inconnu son histoire complète : son amour, la délivrance du captif, la promesse de ce dernier ; ses propres angoisses, sa fuite, son voyage si long, si mouvementé; son arrivée en Angleterre ; l'insuccès de ses recherches...

Saisi d'étonnement, d'admiration, de respect, le gentleman lui dit tout à coup d'une voix grave :

— Votre récit, dans son commencement du moins, ne frappe pas pour la première fois mon oreille. Naguère, l'an dernier, je crois, on a beaucoup parlé ici d'un jeune homme des environs, qui, parti pour combattre les Infidèles, avait été fait prisonnier, comme je l'ai été jadis, et qui venait de rentrer...

— C'est mon Gilbert! interrompit-elle rayonnante.

—... En Angleterre, après avoir réussi à s'évader.

— Gilbert! ce ne peut être que Gilbert!.. Vous le connaissez? Dites-moi où il est...

— Attendez !... Ne vous hâtez pas trop... Non, je ne le connais, ni lui, ni sa famille... Le père, d'origine saxonne, s'appelle Beckie; les Normands, nos vainqueurs, le nomment Becket.

Susie sursauta. Un souvenir lui revenait soudain en mémoire. Elle se rappela que si pour elle le captif était simplement *Gilbert*, son père lui donnait parfois un autre nom...

— Beckie, Becket!... murmura-t-elle. Oui, c'était quelque chose comme cela .. Le fils dont vous parlez s'appelle bien...

— Gilbert?... Je l'ignore...

— Et moi j'en suis sûre !... Oh! merci! Vous êtes mon sauveur !

Elle reprit aussitôt :

— Et la résidence de cette famille?...

— Oui, je la connais : Woody-Hall, au village de Highbury, à une lieue et demie au nord de Londres. Je vous y conduirai, si...

— Non, merci. J'irai bien seule, comme je suis venue seule de mon pays.

XVI

LE « WEDDING-DAY »

Highbury, englobé depuis de longues années dans l'agglomération londonienne, dont il est l'un des faubourgs les plus charmants, n'était alors qu'un hameau, peuplé de quelques centaines d'habitants, et dont le territoire se partageait en deux ou trois châteaux, dont l'un devait son nom de Woody-Hall à la magnificence de son parc et des bois touffus qui l'entouraient.

Ce manoir était l'unique domaine qui restât désormais aux Becket, jadis fort riches, et que la conquête avait dépouillés de la majeure partie de leurs biens. Comme on le sait, les 60.000 bandits normands, compagnons de Guillaume, s'étaient approprié sans vergogne tous les manoirs et toutes les terres des Saxons vaincus à la bataille d'Hastings. Encore l'aïeul

du propriétaire actuel avait-il dû s'humilier
profondément et donner à l'envahisseur des
gages de soumission et de loyalisme pour qu'on
daignât lui laisser quelque chose et ne pas le
réduire, comme tant d'autres, à l'état de ser-
vage.

Aussi le vieux Becket nourrissait-il une haine
sourde contre tout ce qui était normand, ce
qui ne l'avait pas empêché, nous l'avons vu,
d'envoyer son fils guerroyer en Palestine
sous les ordres d'un de ces puissants barons,
qu'il était forcé de ménager tout en les détes-
tant...

Susie, dans sa fébrile impatience et après
s'être fait donner par écrit l'adresse du château,
craignant, non d'oublier, mais de mal prononcer ces noms étrangers, se mit en marche,
demandant souvent son chemin pour ne point
s'égarer.

A peine avait-elle pris le temps de mettre un
peu d'ordre dans sa toilette, fort défraîchie,
hélas, bien qu'elle eût pu, à deux reprises, à
Constantinople d'abord, puis à Venise, renou-
veler sa garde-robe.

Elle s'était parée de tous les joyaux qui
lui restaient encore, ne voulant pas paraître

comme une mendiante devant la famille de son amant.

Elle s'avançait sur la route d'un pas à la fois ferme et hésitant; elle avait hâte et elle avait peur d'arriver.

En même temps, radieuse et anxieuse, elle était agitée tour à tour des sentiments les plus contradictoires.

Quel accueil l'attendait là-bas? Certes, sa confiance en Gilbert était absolue; elle eût répondu de son cœur comme de son propre cœur.

Ce qu'elle redoutait c'était la mère, c'était le père. Parfois de vagues et douloureux pressentiments la troublaient, et elle pleurait sans savoir pourquoi.

Elle marchait depuis plus d'une heure, Highbury ne pouvait plus être bien loin.

Apercevant un berger qui paissait ses moutons dans la plaine, elle lui fit signe d'approcher pour l'interroger.

Le pâtre, ahuri par l'accoutrement si nouveau pour lui de cette belle lady, et trop occupé à la contempler avec une extase mêlée d'inquiétude, ne comprit même pas sa question.

Ce qui l'étonnait surtout et ce qui stupéfiait depuis deux mois les badauds de Londres, c'était son opulente chevelure. Par une incroyable aberration de la mode, en effet, les femmes portaient les cheveux, sous le règne d'Henri Ier, non seulement courts, mais presque complètement rasés jusqu'à la racine !

En revanche, les hommes, pour ne pas être en reste d'excentricité avec l'autre sexe, chaussaient des souliers en forme de patins, énormément longs, pointus, dont l'extrémité recourbée était rattachée au genou par une chaîne destinée à les maintenir.

Le superstitieux paysan voyait en elle une sorte d'être surnaturel, quelque chose comme une sorcière (*witch*)... qui, malgré le gracieux déguisement qu'elle avait pris, lui inspira une sorte de terreur vague... De là, son mutisme.

Celle-ci répéta sa question d'un accent si doux que le naïf berger sentit s'évanouir ses appréhensions... Ce n'était ni la voix ni le visage de ces suppôts de Satan, de ces vieilles échappées de l'Enfer qu'avait créées l'imagination populaire, et que, trois siècles et demi plus tard, Shakespeare devait évoquer dans *Macbeth*.

— *Woody-Hall?* répondit-il rassuré... Là-
bas... derrière ce bois de grands chênes... Vous
prendrez le premier chemin à gauche... puis,
tout droit... Un quart d'heure de marche.

Il ajouta avec un sourire d'intelligence :

— Vous venez pour la fête, milady ?

Sans comprendre grand'chose à ses paroles,
et se confiant aux indications plus intelligibles
que le pâtre lui donnait du doigt, elle tira de
sa poche et lui tendit une grosse pièce d'argent...

Le brave homme, ébloui de cette générosité,
se confondit en génuflexions.

Plus de doute : l'inconnue était une de ces
fées bienfaisantes (bonnie fairy) qui nous appa-
raissent parfois dans les circonstances mémorables de la vie et qui allait surgir tout à coup,
sans être attendue ni invitée, au manoir de ses
maîtres, au beau milieu de la salle du festin,
agitant sa baguette magique, qu'en ce moment
elle dissimulait sans doute sous ses vêtements...

La « bonnie fairy » présumée reprit sa marche et disparut bientôt aux yeux du pâtre au
coude que formait la route.

A mesure qu'elle se rapprochait, son cœur

battait plus fort, ses craintes devenaient plus vives... Par instants elle frissonnait....

Encore quelques minutes et le chemin aboutissait à une vaste demi-lune entourée de vieux hêtres, au centre de laquelle était une grande porte décorée — ce que ne laissait pas d'étonner en l'intriguant la visiteuse — de verts feuillages et de guirlandes de fleurs.

On entendait à l'intérieur, à quelque distance, des rumeurs confuses et joyeuses, des éclats de voix.

Évidemment le manoir était en fête.

— Quelque solennité religieuse? supposa-t-elle.

Si, dans son pays, en de telles circonstances, le jeûne le plus absolu était de rigueur, elle savait qu'il n'en allait pas de même chez les chrétiens, qui célébraient leur « Bairam » et leur « Rhamadan », par des festins et des chants.

Elle toussa légèrement pour annoncer sa présence et souleva d'une main timide le lourd marteau.

Aussitôt, un gros homme à face rubiconde, à la mine réjouie, vêtu de ses habits de gala, et sur la poitrine duquel s'étalait un bouquet,

14

vint lui ouvrir et l'introduisit, un peu inter-
loqué d'ailleurs par cette singulière apparition.

— Que désirez-vous, milady? demanda le
portier d'un ton moins rude que d'habitude,
séduit qu'il était malgré lui par la beauté, la
physionomie sympathique de l'inconnue,
ébloui aussi par la scintillation des diamants
qu'elle portait et par les éclairs qui jaillis-
saient de ses yeux.

— C'est bien ici la demeure de Gilbert
Becket?

Ces mots étaient prononcés très distincte-
ment, quoique avec un accent étranger, grâce
à son bienveillant informateur, qui avait eu
l'obligeance de les lui faire répéter plusieurs
fois, ainsi que quelques autres phrases, qu'elle
avait apprises par cœur, et marmottées tout le
long de la route, de peur de les oublier.

— Oui! répondit le portier. C'est bien ici
Woody-Hall, dont mon jeune maître est l'héritier et le futur propriétaire.

— Votre jeune maître est-il en ce moment au
château?

Cette question parut à son interlocuteur si
drôle qu'il ne put s'empêcher de rire.

— Bien sûr qu'il y est!... Qui donc y serait s'il n'y était pas, lui, en un pareil jour?...

La seule hypothèse que sir Gilbert pût être absent ce jour-là provoqua chez lui un nouvel accès d'hilarité, dont la jeune femme ne s'expliquait pas la cause.

— Vous venez donc de bien loin, ma jeune lady, pour ignorer ce que tout le monde sait à dix lieues à la ronde et même au-delà, jusqu'à la cour de notre bon roi — que Dieu sauve! — en sa capitale de Winchester.

De tout ce verbiage, elle ne put comprendre que le mot : bien loin (*very far*).

— Oui, je viens de très loin, très loin! fit-elle avec un soupir. J'ai absolument besoin de voir votre noble maître. Soyez assez bon, monsieur le portier, pour me conduire jusqu'à lui.

— Aujourd'hui?... C'est impossible... de toute impossibilité! pauvre lady!

— Vous m'avez dit tout à l'heure qu'il est bien ici.

— Assurément... Il est là bas, dans la grande salle, avec tous les convives, tous les parents, tous les invités...

Au même instant on entendit un grand bruit, un tonnerre de hurrahs.

— Tenez! On en est au premier toast. Ça
n'est pas près de finir!

Ce mot toast ne disait rien à l'infortunée pè-
lerine, qui crut devoir insister encore.

— Voyons! ma jeune et charmante lady! On
ne vient pas déranger un gentilhomme en un
semblable jour...

— Un semblable jour?

— Un « wedding-day? » Y songez-vous?

Susie poussa un cri de désespoir si déchirant,
si perçant, qu'on eût pu l'entendre de la salle
du banquet nuptial, qui occupait presque tout
le premier étage du château, à une centaine
de « yards » de la « lodge » du portier. Elle
serait tombée à la renverse, si le brave homme
ne l'avait soutenue et presque portée dans son
petit pavillon attenant à l'entrée principale de
« Woody-Hall ».

Elle avait compris, cette fois.

Wedding-Day! C'était un des premiers mots
qu'elle eût appris de la servante d'auberge,
dont elle avait fait sa maîtresse de langues, et
qui devait se marier bientôt avec un garçon
d'écurie du Half-Moon-Inn.

Sa défaillance fut de courte durée. La femme
du portier lui ayant bassiné le visage avec de

l'eau fraîche et fait respirer du vinaigre, elle
ne tarda pas à reprendre ses sens.

Dès qu'elle rouvrit les yeux, un long et douloureux soupir sortit de sa poitrine; deux
grosses larmes coulèrent sur ses joues.

— L'ingrat! s'écria-t-elle dans sa langue maternelle, il m'a tout à fait oubliée ; il a été parjure... Est-il possible qu'il ait aimé et épousé
une autre femme !

Elle ajouta entre deux sanglots :

— Ah! que ne suis-je restée dans mon pays !
Que suis-je venue faire ici ?

Puis, tout à coup, le découragement fit place
à un sentiment de révolte.

Une inspiration subite venait de surgir dans
sa pensée.

Elle se releva brusquement, et jetant sur les
portiers des yeux suppliants, elle tira de son
corsage un sachet que, depuis le départ du prisonnier, elle avait constamment porté sur son
cœur, y prit un petit demi-cercle en or, la seconde moitié de cette bague brisée dont elle
avait remis l'autre moitié à celui dont elle était
la libératrice; et tendant au vieux portier ce
fragment de bijou :

— Allez porter ceci au « bridegroom » (le

marié), et dites-lui que j'ai besoin de lui parler, que je l'attends.

Il y avait dans l'attitude de la jeune étrangère tant d'autorité persuasive, dans son accent tant d'éloquence, dans sa prière quelque chose de si touchant, que le vieillard, ému, troublé, ne parut hésiter qu'un instant. Il consulta du regard sa femme, encore plus attendrie que lui-même, et se dirigea vers l'allée sinueuse qui, contournant une immense pelouse plantée de massifs ombreux, conduisait à la maison d'où arrivaient jusqu'aux oreilles de Susie les bruyants échos des toasts, des chocs de verres, des rires et des chansons bachiques.

XVII

UNE VIEILLE BALLADE

Qu'on me permette ici une parenthèse.

Avant d'aller plus loin, de raconter la scène qui suivit, je crois devoir la présenter sous la forme naïve, touchante, bizarre que lui donnèrent les poètes contemporains. Voici la fin d'une curieuse ballade, d'un auteur inconnu, et que j'emprunte à la collection des chansons populaires anglaises de Jamieson (1). Je traduis littéralement. Laissant de côté la première partie de la romanesque aventure, je prends la ballade au moment où l'héroïne s'enfuit de la maison paternelle.

« Alors elle s'embarqua sur un bon vaisseau et dit à son pays natal un éternel adieu. Elle navigua à l'aventure.

Elle fit voile vers l'Est, elle fit voile vers l'Ouest, puis vers le Nord, jusqu'à ce qu'elle abordât enfin au rivage de la belle Angleterre, où elle aperçut un brave berger, qui paissait son troupeau dans la plaine.

— Quelles nouvelles, quelles nouvelles, ô bon berger, as-tu à m'apprendre?

— Je sais, madame, dit-il, une aventure dont la pareille ne s'est jamais vue dans ce pays.

Il y a une noce dans le château que vous voyez là-bas; le jeune Beichan ne veut pas coucher avec sa fiancée, à cause d'un amour pour une autre fille, qui est au delà des mers.

Susie met la main dans sa poche et lui donne

(1) Jamieson's popular Songs.

de l'or et de la monnaie blanche : — Tiens !
prends cela, mon bon garçon, pour l'heureuse
nouvelle que tu me donnes.

Quand elle arriva à la porte du jeune Beichan, elle frappa si doucement, avec tant de
timidité, que le fier portier s'empressa d'ouvrir, et de faire entrer cette belle dame.

— C'est ici le château du jeune Beichan ?
dit-elle. Le noble lord est-il chez lui ? — Oui,
il est dans la grande salle avec tous les invités ;
c'est le jour de son mariage.

— Ainsi, a-t-il donc un autre amour ? dit en
soupirant la jolie dame. M'a-t-il tout à fait
oubliée ? Ah ! je voudrais être dans mon pays !

Et tirant de sa poche la moitié de l'anneau
d'or qu'avec tout son cœur elle avait si librement brisé, elle ajouta : « Donnez-lui ceci, ô
digne portier, et priez le marié de venir me
parler. »

Quand le portier fut devant son seigneur, il
se jeta à ses genoux avec embarras. — « Quelles
nouvelles m'apportes-tu donc, mon brave,
pour me faire tant de révérences ? »

— J'ai été le gardien de vos portes pendant
trente-trois ans, monseigneur... Mais il y a en
bas une dame dont je n'ai jamais vu la pareille.

Elle a une bague à chaque doigt ; elle en a trois au doigt du milieu. Au front elle porte un diadème dont l'or et les diamants suffiraient pour m'acheter un comté...

— Vous auriez pu excepter notre charmante mariée et deux ou trois dames de notre compagnie ! interrompit sèchement la mère de la fiancée, une femme acariâtre et méchante.

— Tenez votre langue, vous, la belle-mère... Ah ! elle est dix fois plus belle que votre mariée et que toutes vos invitées.

Elle demande une part de votre pain blanc, monseigneur, avec une coupe de votre vin rouge ; elle veut vous rappeler l'amour de la dame qui, jadis, vous délivra de la prison.

— O malheur ! s'écria Beichan. Faut-il que je me sois marié si vite ! .. Ce ne peut être que Susie, qui a traversé les mers par amour pour moi !

Aussitôt il se précipita vers l'escalier ; de quinze marches il n'en fit que trois. Il saisit sa douce amante dans ses bras et la couvrit de baisers.

— Oh ! avez-vous donc pris une autre fiancée ? Et m'avez-vous tout à fait oubliée ? Avez-vous oublié celle qui vous a rendu la vie et la liberté ?

Elle détournait la tête pour cacher les larmes qui coulaient de ses yeux.

— Adieu, jeune Beichan, reprit-elle. J'essaierai de ne plus penser à toi!

— O jamais, jamais, Susie ! Non cela, ne sera pas. Et je n'épouserai jamais que celle qui a tant fait et tant osé pour moi !

Alors apparut l'autre fiancée :

— Mylord, dit-elle, votre amour a bien vite changé ! Ce matin, j'étais votre femme, et voici qu'avant midi vous en choisissez une autre!

— Oh! tiens ta langue, toi, la mariée du matin! Vous ne m'avez jamais été rien de rien. Et quand vous retournerez chez vos parents, je vous enverrai un double douaire.

Il prit la blanche main de Susie, la conduisit de haut en bas du château, puis, tout en baisant ses lèvres roses, il lui dit : « Soyez la bienvenue, mon bijou, dans votre propre maison! »

Il la prit par la main, blanche comme du lait, la conduisit à la fontaine baptismale; il changea son nom de Susie et l'appela désormais son cher amour lady Jane. »

Revenons maintenant à la salle du banquet nuptial qu'allait troubler si dramatiquement l'arrivée inopinée de cette nouvelle Ariane qui, plus hardie et plus aimante que la maîtresse délaissée de Thésée, ne s'était pas résignée à son abandon.

XVIII

L'ANNEAU BRISÉ

Parmi les nombreux convives assis à la table du festin, il en était un, pourtant, qui ne paraissait prendre qu'une part médiocre à l'allégresse générale.

C'était précisément celui qui occupait la place d'honneur, qui présidait le banquet ; c'était le héros de la fête, c'était Gilbert.

Le front soucieux, la physionomie sombre et morose, en dépit des sourires factices et des paroles aimables que les convenances et la galanterie lui commandaient d'adresser de temps à autre d'un air distrait aux ladys les plus rapprochées de lui.

On eût dit que ces agapes nuptiales, où il jouait le principal rôle, étaient pour lui un repas funèbre.

N'était-ce pas, en effet, l'enterrement de

toutes ses espérances, de son amour, de son bonheur? L'enterrement aussi de son devoir et de son honneur?

Il évitait de regarder sa jeune épouse, assise en face de lui, et qui souffrait de cette indifférence.

Sa pensée se reportait sans cesse vers celle qu'il venait de trahir, au mépris de tous ses serments. Il se reprochait comme un crime sa faiblesse, sa lâcheté. Le remords le déchirait.

C'était à son corps défendant, après de longues résistances, qu'il avait fini par se sacrifier et par sacrifier sa libératrice à des considérations de famille, à des exigences politiques et à des préoccupations d'intérêt.

La jeune fille qu'il épousait, nièce du baron normand sous la bannière duquel il avait été guerroyer en Syrie, lui avait été imposée par celui-ci, qui lui offrait pour dot les domaines volés un demi-siècle auparavant aux Becket, et dont ce fils d'un des compagnons de Guillaume le Bâtard avait hérité.

Cette restitution indirecte avait un double but : assurer la félicité de la nièce, qui s'était follement éprise du vaillant chevalier, dont les aventures, la captivité, la délivrance si roma-

nesque, avaient fait tant de bruit à son retour
en Angleterre ; et ensuite, rallier plus sincère-
ment au nouveau régime, établi par la force et
le brigandage, une des familles saxonnes les
plus éprouvées, les plus dépouillées par l'inva-
sion.

Gilbert avait cédé, la mort dans l'âme, aux
prières de son père.

Le messager de Susie entra dans la salle,
se glissa tout tremblant auprès de son jeune
maître, lui parla à l'oreille :

— Que Votre Seigneurie me pardonné ! murmura-t-il. Mais il y a là-bas, dans ma *lodge*,
quelqu'un qui vous demande. :

— Eh ! que m'importe ? Congédiez cet homme.

— C'est une femme, mylord !

— Raison de plus... Quelle femme ?

— Une étrangère... Oh ! Mylord, voici trente
ans que je suis au service de votre père et au
vôtre, reprit le vieillard avec une émotion
croissante. Eh bien, je n'ai jamais ouvert la
porte à une lady aussi prodigieusement belle,
ni aussi terriblement affligée, ni vêtue d'une
manière si étrange. Venez, venez, Mylord !...
Elle vous attend...

— Son nom ? balbutia le marié, en proie à

une soudaine et extraordinaire agitation.

Elle ne me l'a pas dit. Mais voici ce qu'elle m'a chargé de vous remettre...

En voyant le fatal bijou, le *bridegroom* devint livide, poussa un cri qu'étouffa le bruit des conversations des uns et des chants des autres. Seule la mariée avait vu cette scène; elle avait frissonné et compris qu'il se passait quelque mystérieux événement.

— Malédiction sur moi ! s'écria Gilbert.

Il se lève, s'élance vers la porte, se précipite dans l'escalier ; et comme dit la vieille ballade citée plus haut : « de quinze marches il n'en fait que trois ».:

> Of fifteen steps he made but three.

Il n'a pas la peine de traverser la pelouse pour courir à la loge. Incapable de contenir son impatience; résolue, s'il le fallait, à pénétrer jusqu'à la salle du banquet, à se dresser, pâle, frémissante, devant son amant, Susie avait furtivement suivi de loin le portier...

Elle venait d'arriver dans le vestibule du rez-de-chaussée, où Gilbert l'aperçut en face de lui ; il la saisit dans ses bras, la couvrit de baisers :

— Susie !

— Gilbert !

Elle balbutia ce nom en fermant les yeux. Elle était évanouie.

Il l'emporta dans une chambre, fit appeler des femmes de service, puis sa mère pour lui donner des soins. Il envoya chercher son père, qu'il chargea de déclarer aux assistants que cette union maudite devait être considérée comme nulle, que le marié malgré lui voulait la faire annuler par les tribunaux ecclésiastiques.

On devine ce qui se passa autour de cette table tout à l'heure si gaie, si joyeuse : le désespoir de la mariée qui tombe sans connaissance ; de la mère en proie à une violente attaque de nerfs ; les imprécations et la fureur de l'oncle, qui menace tous les Becket de la colère du roi Henri Ier, dont il est l'un des favoris ; l'émoi et la stupéfaction des parents et des invités des deux partis. Ce fut un inénarrable tableau. Peu s'en fallut que les épées ne sortissent du fourreau, que Woody-Hall ne devînt un champ de bataille et que cette salle si brillante ne fût ensanglantée.

XIX

DÉNOUEMENT.

La voix publique, surexcitée par ce drame d'amour, sans précédents dans les annales humaines, se partagea en deux camps.

Le plus grand nombre, même dans les milieux notoirement hostiles à la race saxonne vaincue, même à Winchester, à la cour d'Henri 1er, se déclaraient pour Gilbert Becket et son ancienne fiancée. La ville de Londres tout entière se prit d'enthousiasme pour cette héroïne qu'on appelait naguère : la « Folle de la Cité », que l'on poursuivait à coups de pierres, que l'on insultait, que l'on maltraitait dans les rues.

L'archevêque de Canterbury, primat d'Angleterre, crut devoir évoquer l'affaire.

Le cas était si exceptionnel, si délicat, l'aventure si touchante, entourée de circonstances si merveilleuses, de péripéties si romanesques, que, ne voulant pas se fier à ses seules lumières, et tenant compte des courants contraires qui s'étaient produits dans l'état des esprits sur toute la surface du pays, relativement au scandale de Woody-Hall ; préférant, d'ailleurs, ne pas assumer la responsabilité de la décision à intervenir, le primat, chef de l'Eglise nationale, convoqua un synode de quatorze de ses évêques suffragants, chargé de délibérer sur l'événement.

Cette assemblée fit une minutieuse enquête, appela devant elle les parties en cause, les interrogea, entendit des témoins, se fit raconter en détail l'invraisemblable et si véridique histoire de la fille du gouverneur d'Ascalon et du prisonnier qu'elle avait protégé, sauvé et aimé.

Si Susie, comparaissant devant les juges ecclésiastiques, n'avait pu à peu près rien dire, la vue seule de la sublime enfant avait produit sur cet aréopage chrétien — et sans qu'elle fût obligée au même scabreux et décisif argument plastique — la même impression, la même conviction qu'avait produites jadis, dans l'âme des aréopagites d'Athènes, la belle courtisane Phryné.

Certes, ainsi que le soutenait énergiquement la famille de la mariée, si brusquement ré-

pudiée en plein festin nuptial, le mariage dont
on contestait la validité était parfaitement
régulier selon le Droit canonique. On n'y op-
posait aucun vice de forme ; il n'y avait eu ni
dol, ni fraude, ni erreur sur la personne. Le
consentement des parties contractantes n'avait
été obtenu ni par violence, ni par ruse, ni par
une supercherie quelconque.

Mais l'assemblée des évêques se décida,
moins par des motifs de droit et de légalité
que par deux ordres de raisons extrajuridiques.

Une raison sentimentale d'abord, étant
données les circonstances romanesques de
l'affaire, et ensuite une raison mystique.

Elle voulut voir dans ce concours de péripéties stupéfiantes l'intervention de ce que l'on
a appelé : « le doigt de Dieu », et se borner à
contresigner, à ratifier ce qui constituait à ses
yeux un phénomène surnaturel, un véritable
miracle.

Elle proclama donc nul et non avenu le
mariage dont la soudaine arrivée de l'étrangère
avait si malencontreusement ou plutôt si
heureusement interrompu et troublé les
fêtes. Elle décida que Gilbert Becket, après
l'avoir, au préalable, converti e au christianisme

et fait baptiser, pourrait et devrait épouser sa maîtresse...

Quelque temps après avait lieu en grande pompe, à l'abbaye de Westminster, au milieu d'un concours immense, le mariage de la fille d'Ali-Ben-Abbas — qui avait reçu au baptême le nom de « Maud » (Mathilde) — avec l'ex-prisonnier d'Ascalon, Gilbert Becket.

La bénédiction nuptiale fut donnée aux jeunes époux par le Primat d'Angleterre en personne. Le roi s'était fait représenter à la cérémonie. Ce mariage, cela va sans dire, produisit d'un bout à l'autre de l'Angleterre une sensation profonde, et devint le sujet d'une foule de chroniques et de ballades populaires, dont deux seulement sont parvenues jusqu'à nous, et notamment celle dont j'ai donné plus haut les dernières strophes.

Le roi lui-même, Henri Ier, très lettré pour son temps, ainsi que l'indique son surnom de « Beau-Clerc », et qui avait traduit du grec les *Fables d'Esope,* n'hésita pas à écrire, sur ce curieux événement, une pièce de vers latins qu'on pourrait sans doute retrouver dans la riche collection de manuscrits du British Museum.

Si heureuse que pût être Susie d'avoir retrouvé et épousé son amant, sa félicité n'était
pas tout à fait sans mélange. Elle eût désiré
ardemment donner de ses nouvelles à son père,
qu'elle n'avait pas cessé d'aimer ; lui demander un double pardon, et pour sa fuite et
pour sa conversion, lui faire connaître sa situation nouvelle. On ne le lui permit pas, ce
qui lui causa un vif chagrin, mêlé de quelque
remords. On exigea d'elle qu'en devenant
chrétienne elle oubliât complètement son père,
sa famille, son pays, comme elle reniait sa foi.
La nouvelle Mathilde ne devait plus rien
garder de ce qui avait été Susie, la fille du chef
sarrasin, pas même un souvenir.

Ali-Ben-Abbas mourait d'ailleurs, peu de
temps après, dans un engagement avec les
troupes du roi Baudouin, sans avoir su jamais
quel était le sort de son enfant chérie, sans
avoir repris Édesse et sans avoir atteint le but
suprême de son ambition : le Khalifat de
Bagdad !

. . . .

Une année plus tard, en 1119, la femme de
Gilbert mettait au monde son premier-né, qui,
selon l'habitude des doubles noms introduite

par les Normands, fut appelé : « Thomas Becket ».

Telle fut la naissance romanesque du futur et fameux chancelier, archevêque de Canterbury et primat d'Angleterre ; de l'homme qui devait tenter la revanche de la race saxonne contre ses vainqueurs et ses oppresseurs ; troubler d'une manière si violente l'arrière-petit-fils de Guillaume le Bâtard dans la jouissance du pouvoir conquis par son aïeul, tenir en échec, battre en brèche, mettre un moment en péril la monarchie normande d'Angleterre !

L'existence de Thomas Becket — dont je ferai l'objet d'un nouveau et plus long récit, où la fiction côtoiera la réalité — est bien plus romanesque encore, plus mouvementée, plus aventureuse, et elle devait finir plus tragiquement que celle de son père et de sa mère.

A l'idylle de Gilbert et de Susie devait succéder le drame de l'ami, du brillant compagnon de fêtes et de plaisirs du roi Henri II, devenu plus tard son plus implacable ennemi, et que l'Eglise devait mettre au rang des martyrs et des saints.

Singulier phénomène d'atavisme !

Né d'un père chrétien et d'une mère musulmane, Thomas Becket devait porter toujours, dans son caractère, dans sa vie, dans ses actes, la marque de cette dualité d'origine.

Les aventures incroyables des parents expliquent et préparent le roman si accidenté du fils. Le sang asiatique qui coule dans ses veines, mêlé au sang des vieux Saxons, vaincus et opprimés par Guillaume le Bâtard, donne la clef de bien des épisodes de sa légendaire carrière. Dans le flegme imperturbable qu'il conserve au milieu des plus cruelles épreuves, dans son opiniâtreté à lutter contre les obstacles, à marcher sans défaillance vers le but poursuivi, on reconnaît l'influence de l'hérédité maternelle ; on voit reparaître l'admirable ténacité de la fille d'Ali-Ben-Abbas.

Dans son attitude en face de ses assassins, dans le calme dédaigneux avec lequel il présente sa poitrine à leurs coups, on aperçoit clairement, uni à la résignation des premiers martyrs chrétiens, quelque chose du fatalisme oriental.

FIN

TABLE DES MATIÈRES

ÉMILE COLIN, IMPRIMERIE DE LAGNY (S.-&-M.)

AVIS DE L'ÉDITEUR

Le but de la collection des *Auteurs célèbres*, à **60** *centimes* le volume, est de mettre entre toutes les mains de bonnes éditions des meilleurs écrivains modernes et contemporains.

Sous un format commode et pouvant en même temps tenir une belle place dans toute bibliothèque, il paraît chaque quinzaine un volume.

CHAQUE OUVRAGE EST COMPLET EN UN VOLUME

En jolie reliure spéciale à la collection, 1 fr. le v

ENVOI FRANCO CONTRE MANDAT OU TIMBRES-POSTE

Imprimerie LAHURE, rue de Fleurus, 9, à Paris.

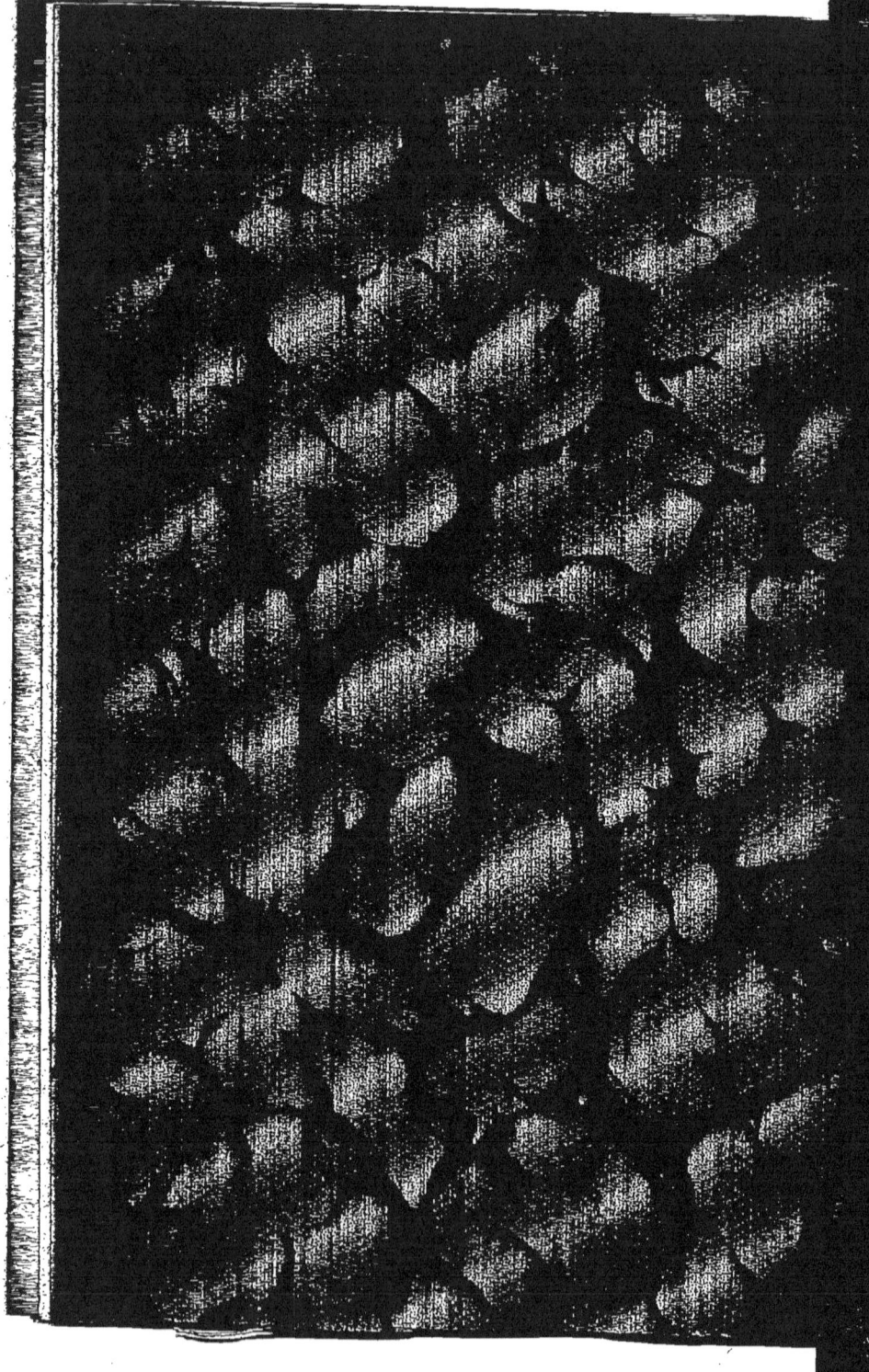

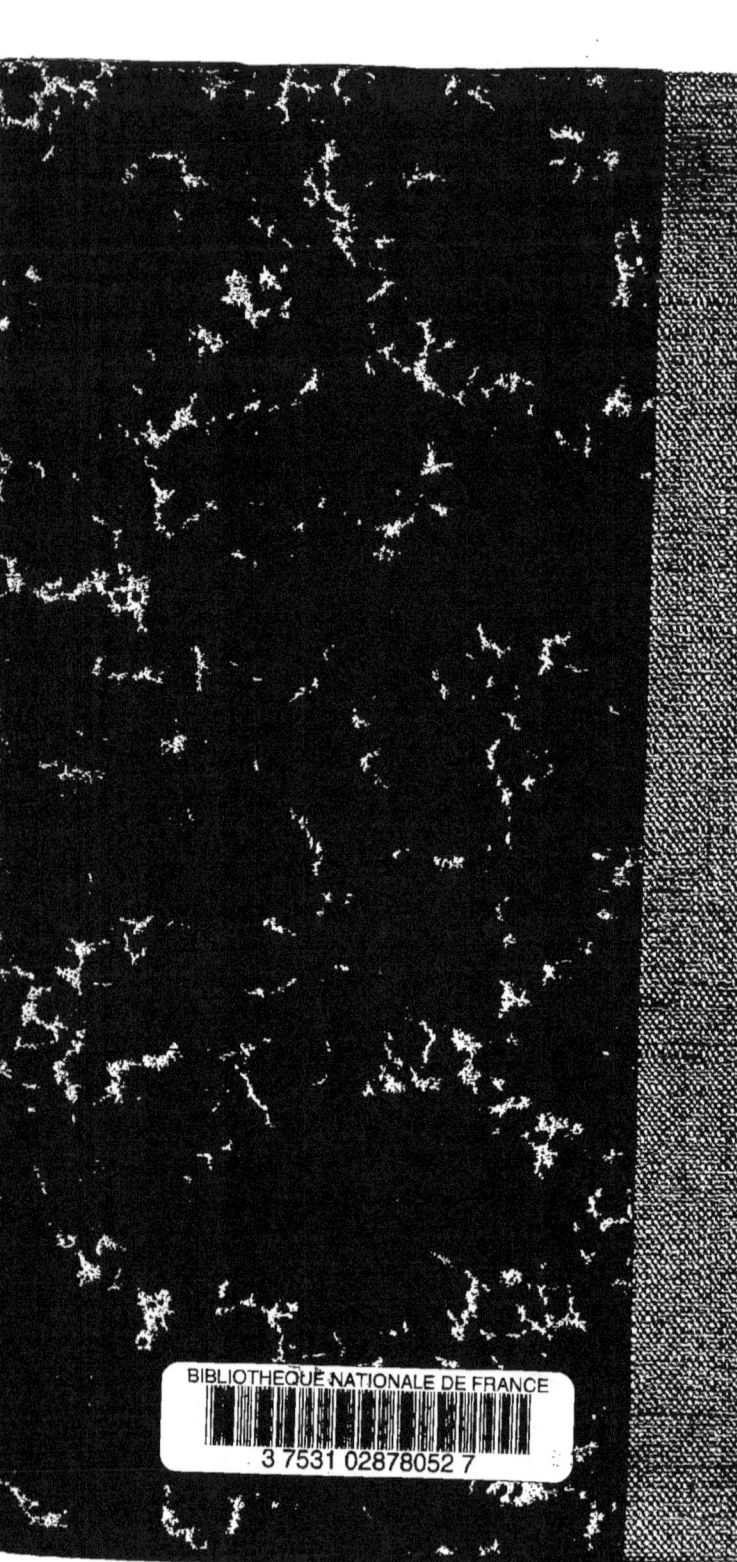